Omslag & Binnenwerk: Buronazessen - concept & vormgeving

Drukwerk: Ten Brink, Meppel

ISBN 978 90 8660 234 6

Suzanne Peters

Blijf bij me!

LIEFDESROMAN

ELLESSY
RELAX

HOOFDSTUK 1

Katja belde aan bij het huis. Ze vond het toch wel erg spannend. Het was de tweede keer dat ze op visite ging bij de hondenfokker en deze keer zou ze een hondje kiezen uit het nest. Over een paar weken kon ze het diertje mee naar huis nemen.

Ze had lang nagedacht over een hond. Veel getwijfeld, maar toch de knoop doorgehakt. Ze was bij meerdere fokkers van dit ras geweest , maar hier voelde het goed. Ze had gekozen voor een Australian Shepherd. Geen bekend ras, maar toen ze er meer over leerde, was ze meteen verliefd geworden.

De deur ging open en Gerard, de fokker van het nestje, keek haar met een vriendelijke blik in zijn ogen aan. "Fijn dat je er bent," zei hij en schudde haar hand. Ze liep met hem mee naar binnen en werd meteen begroet door twee honden. Ze hadden wat weg van Border Collies en hadden net zoveel energie. Alleen waren ze een stuk groter en hadden ze een andere uitstraling. Katja begroette de dieren en liep daarna naar de puppyren.

De vijf puppy's waren al flink gegroeid sinds de vorige keer. De eerste keer dat ze hier was ging het lopen nog niet heel gemakkelijk. Nu waren ze een stuk groter en zag ze twee hondjes met elkaar stoeien. Het waren net een paar pluizenbollen. Vijf puppy's en één van deze schatjes zou over een paar weken met haar meegaan.

"Wil je wat drinken?" vroeg Gerard.

"Thee graag."

Gerard deed de puppyren open zodat ze de hondjes van dichtbij kon bekijken en zette daarna de waterkoker aan. Katja ging op haar hurken zitten en glimlachte toen één van de hondjes op haar af kwam. Het was een red merle hondje. Er was nog een andere red merle. Ook waren er twee blue merles en een red tri. De merles hadden haar voorkeur. Merle betekende dat de kleuren erg door elkaar liepen. Het had wel wat. Toch vond ze alle honden even leuk. Ze hadden allemaal iets unieks en leuks.

Niet veel later zat ze op de bank en Gerard vertelde wat hij de laatste weken allemaal had gedaan. De honden werden goed gesocialiseerd en waren zelfs al even op de markt geweest. Af en toe hoorde ze wat gekef en gejank.

"Heb je een voorkeur?" vroeg Gerard na een tijdje. Nu was het moment daar: Katja zou eindelijk te weten komen welk hondje van haar werd. Ze schudde haar hoofd. "Zoals ik de vorige keer zei, zoek ik vooral een maatje. Ik zou ook graag een hond willen die bij mijn persoonlijkheid past."

Gerard knikte. "Wat dacht je van een red merle hondje? Een reutje? Hij is wat rustiger en ik heb het idee dat hij wel bij je past. En aangezien jij alleen woont, zul je ook echt een band met hem krijgen."

Katja keek naar de hondjes die druk aan het spelen waren. "Welke is het?"

Gerard stond op en wees de hond aan. Hij rende achter een andere puppy aan. Het was niet het hondje dat haar meteen had begroet. Dat was ergens maar goed ook: het was haar eerste hond en een wat rustigere leek haar beter. De Australian Shepherd had prachtige blauwe ogen en keek haar aan met een nieuwsgierige blik.

"Hallo," zei ze. "Jij wordt dus mijn hondje."

Het dier keek haar alleen maar aan en kwispelde even met zijn staart. Het voelde goed, deze hond. Ze aaide hem en sprak daarna met Gerard af wanneer ze hem kon halen en hoe het zat met de betaling.

Op weg naar huis had ze een brede grijns op haar gezicht. Nog een paar weken wachten en ze kreeg een echt maatje. Ze moest ook nog een naam voor hem bedenken. Wat was leuk? Nog geen minuut later wist ze het al: Taz.

De afgelopen weken waren hectisch voor Katja geweest. Ze had de hondenspullen aangeschaft en zich ingelezen in het hebben en houden van een puppy. Ook was het erg druk geweest op haar werk. Hoe zou dat gaan als ze Taz eenmaal had? Hij zou veel aandacht krijgen op de manege van alle mensen die er kwamen. Hoe zou hij reageren op de paarden? Nu was ze met haar tante Debby naar de fokker gegaan. Katja ging liever niet alleen, omdat ze nog best een stuk moesten rijden en Katja Taz op schoot zou houden.

Gerard deed de deur open en stelde zich voor aan Debby. Daarna liet hij hen binnen. Er waren al een paar puppy's weg, zag Katja. Ze glunderde toen ze Taz zag. Wat was hij leuk en hij had nog steeds van die prachtige blauwe kijkers. De kans was groot dat de oogkleuren nog zouden veranderen, bij Australian Shepherds was het heel normaal om verschillende kleuren ogen te hebben.

"Heb je al een naam bedacht?" vroeg Gerard.

"Taz."

"Leuk!"

Hij liet haar de papieren en het contract zien. Ze betaalde Gerard en zette haar handtekening. Daarna kreeg ze nog wat andere tips. "Ik heb ook nog wat puppypakketten voor je," zei Gerard. Hij wees naar een stapel. "Dat mag je allemaal meenemen." Het waren een stuk of vijf pakketten van bekende merken van hondenvoedsel. Katja keek verbaasd naar de enorme berg spullen. Voorlopig had ze hondenvoer genoeg!

"Ik zal ook een stukje deken meegeven, zodat hij de geur van thuis heeft," zei Gerard en hij pakte een schaar om een stuk af te knippen.

Katja keek naar haar tante. "Spannend hè?"

"Inderdaad, maar je kunt dit vast. Je bent een echte dierenvriend en je hebt er lang over nagedacht."

Katja wist dat haar tante gelijk had, maar toch vond ze het erg opwindend. Ze had nog nooit eerder een hond gehad. Er was vast een heleboel waar ze tegenaan zou lopen. De afgelopen weken had ze al heel veel gelezen over het opvoeden van een puppy en ze had zich ook alvast aangemeld voor de puppycursus. Toch had ze soms nog wel twijfels. Het was fijn dat Gerard tijdens het eerste bezoek al had gezegd dat hij vertrouwen in haar had. Hij vertelde zelfs dat hij altijd wel kritisch was en niet iedereen zomaar een hond verkocht. Bij de andere twee fokkers waar Katja was geweest, ging dat heel anders. Ze leken vooral voor het geld te gaan. Nee, deze fokker was toch echt een stuk beter.

Er werden nog wat zaken doorgenomen en daarna was het tijd om te gaan. Buiten lieten ze Taz nog een keer plassen en daarna stapten Katja en Debby in de auto. Katja hield Taz op schoot en voor de zekerheid had ze ook een kartonnen doos voor het diertje, waar hij in kon liggen. Debby startte de auto en Katja zwaaide naar Gerard terwijl ze de straat uit reden.

"Je eerste hond," zei Debby. Ze klonk trots.

"Inderdaad." Taz bleef niet stilzitten en het kostte Katja moeite om het diertje vast te houden. Ze moesten nog wel een eind rijden naar de Veluwe.

"Als je ergens tegenaan loopt, dan kun je het aan ons vragen."

Ze was blij met dit aanbod. Haar oom en tante hadden zelf twee honden en vroeger nog veel meer honden gehad.

Debby en Ton hadden een eigen boerderij met een manege. Katja kwam er vanaf haar jeugd al erg vaak. Toen de stalknecht moest stoppen vanwege gezondheidsredenen, boden haar oom en tante haar een baantje aan. Nu werkte Katja al twee jaar op de manege en ze woonde in een eigen gedeelte van de boerderij. Haar woning was niet groot, maar ze had alles wat ze nodig had. De baan als stalknecht was een zware baan, maar ze vond het heerlijk om dagelijks bij de paarden te zijn. De komende weken zou ze wat minder werk verrichten. Ton had aangeboden tijdelijk haar taken over te nemen. Taz moest eerst maar wennen aan zijn nieuwe omgeving, vond hij. Katja was haar oom dankbaar voor het aanbod. De weg naar huis verliep goed. Twee keer stopten ze om Taz te laten plassen en daarna kwamen ze aan bij de boerderij. Katja had vandaag geen afspraken gemaakt met mensen in haar omgeving. Ze begreep dat het voor het jonge hondje al een hele verandering was. Weg van zijn broertjes en zusjes en opeens in een heel andere omgeving. Dat was toch wel heel wat anders.

"Bedankt dat je met me meereed," zei Katja.

Haar tante knikte even. "Geen probleem."

Ze liepen samen naar binnen en Katja zette het kleine hondje op de grond. Vreemd, dat dit pluizige diertje nog zo veel moest groeien. Taz begon meteen te snuffelen en rond te lopen door de woonkamer. Katja zette wat water en eten neer.

"Ho, dat gaat niet goed," zei Debby.

Katja keek verbaasd op. "Wat niet?"

Debby wees naar Taz, die een drolletje op de vloer had gelegd. Katja pakte wat wc papier om het op te ruimen. "Je bent een kleine stinkerd," zei ze, toen ze de vloer had schoongemaakt. De hond kwispelde als antwoord.

"Ik laat jullie alleen," zei Debby. "Ik heb nog genoeg te doen vandaag. De paarden moeten verzorgd worden."

"Bedankt voor alle hulp," antwoordde Katja. "En succes met de paarden."

Haar tante verliet de woning en Katja keek naar Taz. Wat was ze blij met hem! Haar eerste hond en hij zou een geweldig leven krijgen, daar zou ze voor zorgen. De komende tijd zou fantastisch worden. Dat wist ze zeker! Ze keek echt uit naar de periode waarin ze Taz alles zou leren wat hij moest weten.

HOOFDSTUK 2

Katja liep met Taz het terrein van de hondenschool op. Ze had er enorm veel zin in. Haar eerste les! Ton en Debby hadden gevraagd of het wel echt nodig was een puppycursus te volgen. Ze wist toch al zoveel van dieren? Ze vond van wel. Ze had wel wat ervaring met de honden van haar oom en tante, maar een puppy was toch heel anders. Vorige week hadden ze al een introductie gehad, zonder hond. De instructeur die ze hadden was daar helaas niet bij, dus iemand anders had hen de informatie gegeven die ze nodig hadden. Zo kregen ze de regels te horen die bij de hondenschool gelden.

Katja zag een paar van haar groepsgenoten staan met hun puppy's. Wat leuk om te zien welke hond iedereen had. De vorige keer had iedereen wel iets over de honden gezegd, maar het was toch heel anders om ze te zien.

Taz leek zich ook heel erg te vermaken met al die honden. Op de manege had hij de honden van Ton en Debby al leren kennen en de afgelopen weken was de hond ook echt als een magneet geweest. Iedereen wilde hem zien. Katja had twee weken rustig aan gedaan en Taz laten wennen aan de nieuwe situatie. Dat ze niet hoefde te werken was wel prettig: Taz sliep de eerste weken niet de hele nacht door en moest toch nog een paar keer naar buiten voor een plasje. Nu ging dat eindelijk een stuk beter. Al plaste hij nog wel regelmatig in huis. Katja was ondertussen ook begonnen met werken. Ze nam Taz met zich mee en vaak lag hij ergens in een hoekje te slapen, terwijl zij de stallen uitmestte.

"Hallo allemaal." Een jonge man kwam bij de groep staan.

"Ik ben Felix Rozen. Het spijt me dat ik er vorige week niet bij was, maar ik ga jullie de komende weken wel leren kennen."

Katja bekeek hem eens goed. Wat een knappe vent! Hij had half-lang donker haar en groene ogen. Hij was behoorlijk lang, misschien een kop groter dan zij. Ze voelde zich meteen aangetrokken tot hem en haalde diep adem. Ze moest zich niets in haar hoofd halen. Hier was ze immers niet voor gekomen.

"Laten we maar naar het veld gaan en beginnen," stelde Felix voor.

Ze liepen het veld op. Het was een leuk gezicht om alle puppy's bij elkaar te zien. Het was geen grote groep, ze waren met zijn zessen. Dat was ook wel prettig, vond Katja.

"Zoals ik al zei, mijn naam is Felix," zei Felix. "Ik ben nu drie jaar hondentrainer bij deze hondenschool. Ik begeleid de puppy-cursus. Dit jaar ben ik ook begonnen met het trainen van de honden tijdens behendigheid."

Behendigheid, dat wilde ze erg graag met Taz doen als hij oud genoeg was. Voorlopig moest ze dus nog even geduld hebben. Zolang hij nog niet volgroeid was, kon ze de hondensport nog niet in met hem.

"Zelf heb ik ook een hond, een labrador," ging Felix verder. "Haar naam is Jara." Nu begon hij met het uitleggen van de eerste oefening. Ze moesten de hond laten zitten en hij legde uit hoe ze dit moesten doen. Bij één van de puppy's deed hij de techniek voor, daarna moesten ze zelf aan de slag.

Katja volgde de aanwijzingen en Taz zat al meteen. Ze keek om zich heen. De rest van de groep had meer moeite om de hond te laten zitten.

"Goed zo," prees Felix haar. "Probeer het nog maar een keer."

De les vloog voorbij. Ze hadden verschillende oefeningen gedaan en Katja had er erg van genoten. Na afloop deden ze nog wat leuke spelletjes met de puppy's en de dieren leken er erg veel plezier in te hebben. Ze bleef ook erg gecharmeerd van Felix. Het leek haar een erg rustige man en dat vond ze wel wat hebben. En wat was hij ontzettend knap! Zou hij al een vriendin hebben? Ze wist dat ze zich dit niet af mocht vragen: hij gaf les hier, dus waarschijnlijk mocht hij niet eens iets beginnen met een cursist. Al wist ze dat niet zeker.

Na de les kwam Felix nog even naar haar toe. "Leuk, dat we nu ook eens een Aussie hebben hier," zei hij. "Daar heb ik nog nooit mee gewerkt. Hij is erg mooi."

"Bedankt," zei Katja.

Felix aaide Taz en groette haar. "Tot volgende week!" zei hij.

Katja liep met Taz naar haar auto. De hondenschool was niet heel ver van de manege vandaan, maar toch was het te ver om te lopen. Sowieso zag Taz er moe uit. Ze reed terug naar de manege. Nog heel even had ze thuis tijd om te rusten, dan moesten de paarden weer gevoerd worden.

Ze zette wat te eten neer voor Taz en startte haar laptop op. Zou ze Felix kunnen vinden? Ze typte zijn naam in bij de zoekfunctie van Facebook en kwam hem inderdaad meteen tegen. Zijn profielfoto was een foto waar hij samen met zijn hond op stond. Ze aarzelde. Zou ze een verzoek sturen om vrienden te worden? Ze besloot nog even te wachten. Het kwam vast heel wanhopig over als ze hem nu al toevoegde. En wat wilde ze er nou eigenlijk mee bereiken? Taz lag ondertussen op zijn kussen lekker te slapen. De indrukken van de cursus hadden hem blijkbaar uitgeput. Katja besloot dan ook haar hond thuis te laten. De laatste weken had ze al een beetje geoefend met het alleen laten van Taz. Telkens bleef ze iets langer weg. Ze gaf haar hond een aai. Taz keek even op en ging daarna weer liggen.

Katja verliet het huis en liep naar de manege. Ze liep naar de stallen. Eerder die dag had ze alle stallen al uitgemest, maar 's avonds gaf ze alle paarden nog een laatste voerbeurt, die bestond uit kuilgras.

"Hoi, Katja."

Katja keek op. Het was Bernard, één van de instructeurs op de manege. Hij gaf dressuurles en had net een groep gehad. "Hoi," begroette ze hem. "Hoe ging de les?"

"Goed," antwoordde hij. "Waar is Taz?"

"Hij ligt te slapen. We hebben net de eerste les van de puppycursus gehad, dus hij is doodmoe."

"En jij gaat nog even aan het werk," zei hij.

"De paarden moeten nog gevoerd worden."

"Zal ik je helpen? Ik heb toch nog tijd over."

Ze ging op zijn aanbod in en samen liepen ze naar de stallen. Ze mocht Bernard wel. Ze kende hem al een paar jaar en hij hielp haar regelmatig. Hij bleef vaak op de manege rondhangen na de lessen.

"Hoe ging het bij de cursus?" vroeg Bernard.

"Goed," antwoordde ze. "Taz pakte de oefeningen erg snel op."

"Je hebt dan ook voor een slim ras gekozen." Hij grijnsde. "En je weet natuurlijk precies hoe je met dieren om moet gaan."

Ze gaven de paarden te eten. Bij Pepper, haar lievelingspaard, bleef ze wat langer staan. Katja was dol op dit dier. Het paard was ontzettend lief en werd vaak uitgekozen voor beginners. Zelf reed ze ook erg graag op dit paard. Ze aaide hem en gaf hem daarna te eten.

"Vind je het leuk om een stuk te gaan rijden?" stelde Bernard voor. "We kunnen richting het bos gaan."

Ze schudde echter haar hoofd. "Taz is nog jong en ik kan hem nog niet zo lang alleen laten."

"Kunnen je oom en tante niet even op hem letten?"

Ze aarzelde. Waarschijnlijk hadden ze er geen enkel probleem mee. Toch wilde ze voornamelijk zelf voor haar hond zorgen. Zij had de keuze gemaakt een puppy te kopen. Dan kon ze niet anderen opschepen met haar hond. "Nee, liever niet," zei ze dan ook.

"Jammer."

"Als Taz wat ouder is kunnen we wel weer rijden samen," stelde ze voor. Ze miste het paardrijden ook wel, maar ze moest toch echt zorgen dat Taz een goede opvoeding kreeg.

"Vind je het anders leuk als ik even met je mee ga naar huis om samen wat te drinken?"

Ze stemde in en samen liepen ze naar haar woning.

Taz had al geplast in de woonkamer. Katja dweilde de vloer snel schoon en schonk wat te drinken in. Bernard gaf Taz een aai en ging daarna zitten. Ze hadden het over de manege en het werk dat er werd gedaan.

"Ik wilde het nog ergens met je over hebben," zei hij na een tijdje. "Wat is er?"

"Ik vroeg me af of je binnenkort een keer met me uit eten wilt," zei hij en zijn wangen kleurden een beetje. "Ik vind je erg leuk."

Katja aarzelde. Ze mocht hem, maar meer dan vriendschap zag ze niet. De vraag kwam ook erg onverwacht en ze wist dan ook niet goed hoe ze moest reageren. Hij keek haar afwachtend aan en ze werd er een beetje nerveus van. "Ik voel me gevleid," zei ze. "Maar ik zie je vooral als een goede vriend."

Hij beet op zijn lip. "Ik begrijp het," zei hij teleurgesteld.

Ze baalde ervan dat ze hem gekwetst had. "Ik wil best een keer met je gaan eten," zei ze. "Dat lijkt me erg gezellig."

"Als vrienden?"

Ze knikte.

Hij haalde diep adem. "Leuk," zei hij daarna. Het klonk niet heel overtuigend.

Ze wist niet goed wat ze moest zeggen. Ze kon wel vertellen hoeveel andere leuke meiden er waren, maar daar had hij nu ook niks aan. Daarom glimlachte ze even liefdevol naar hem en zei ze: "Sorry."

Hij schudde zijn hoofd. "Dat is nergens voor nodig. Ik waardeer je eerlijkheid. Natuurlijk vind ik het jammer, maar ik kan je niet verplichten om mij leuk te vinden."

Katja nam een slok van haar drinken en haalde diep adem. Wat moest ze nu zeggen? Ze voelde zich er ongemakkelijk door.

"En als vrienden uit eten gaan vind ik ook goed," zei Bernard nu. "Lukt dat wel met Taz?"

Katja knikte. "Mijn oom en tante willen vast wel een paar uurtjes op hem letten."

Ze spraken af om anderhalve week later naar de stad in de buurt te gaan om iets te eten samen. Katja had dan genoeg tijd om wat met haar oom en tante te regelen. Ze wilde hen niet een dag van tevoren vragen op de hond te letten. Het was toch haar hond en dus ook haar verantwoordelijkheid.

Bernard en Katja bleven nog een tijdje doorpraten. Daarna ging hij weer naar huis en nam Katja Taz mee naar buiten voor een klein rondje.

HOOFDSTUK 3

Katja liep het terrein op waar de puppycursus werd gehouden. Taz werd meteen enthousiast begroet door de Friese Stabij in de groep, die een paar weken ouder dan hij was. Taz kwispelde en leek de begroeting geen enkel probleem te vinden.

Felix was er ook en hij glimlachte even naar haar en gaf Taz een aai. Ze bloosde toen ze zijn lach zag. Wat was hij leuk! Ze had de hele week aan hem gedacht en dat vond ze ergens wat vreemd: ze werd nooit zó snel verliefd op iemand. Maar deze man had iets bijzonders. Normaal wilde ze altijd weten wat iemand voor een persoon was. Nu was ze natuurlijk nog steeds nieuwsgierig naar zijn interesses, maar toch leek het anders. Hoe oud was hij eigenlijk? Daar had ze niet naar gekeken toen ze hem op Facebook had gezocht. Ze schatte hem begin dertig. Iets ouder dus dan ze zelf was.

Eén van de andere cursisten kwam ook aanlopen. Ze had haar chihuahua in haar armen en zette het diertje pas op de grond toen ze bij de groep was. Katja trok haar wenkbrauwen op. De hond kon zelf toch ook lopen? Taz liep vrolijk richting de chihuahua, maar besloot daarna om toch weer naar de Friese Stabij te gaan. Wat zag het er leuk uit om die honden zo met elkaar bezig te zien. Het maakte haar dag volledig goed. Lastig dat de riemen telkens in de weg zaten en daardoor in de knoop raakten.

"Komen jullie mee?" vroeg Felix.

Katja volgde hem het veld op. Taz liep netjes mee. Ze liep bewust een paar keer met hem een rondje aan de riem, zodat hij ook daar aan gewend raakte. Op de manege liep hij meestal los.

"We gaan vandaag de aandachtsoefening waar we vorige week mee zijn begonnen uitbreiden," zei Felix en hij legde uit hoe ze de aandachtsoefening moesten doen. Het was de bedoeling dat de hond het baasje aankeek. Wanneer hij dit deed, dan kreeg hij een brokje. Ze bouwden het rustig op, zodat de hond echt begreep wat de bedoeling was.

Na de oefening lieten ze de hond nog eens zitten op commando. Taz deed het heel erg goed en ging meteen zitten.

"Ik zie dat je geoefend hebt," prees Felix haar. "Goed zo."

Katja had inderdaad wel geoefend, maar niet zo veel. Taz had dingen snel door en dat hoorde ook wel bij de raskenmerken. Het was een slim ras, maar nu ze opnieuw zag hoeveel moeite andere mensen met de oefening hadden, merkte ze echt het verschil. De chihuahua keek zijn baasje vooral wat vreemd aan en weigerde te zitten. Een bastaardhond draaide zich om in plaats van dat hij ging zitten en Felix liep erheen om een handje te helpen. Hij legde geduldig uit hoe de oefening gedaan moest worden en het duurde niet lang tot alle honden netjes zaten. Daarna moesten ze de honden roepen en ook dit ging erg goed. Al was er een hond die het leuker vond om naar de andere honden te rennen.

Het was een les waarin Katja veel leerde. Ze vond het leuk, want ze kwam erachter dat ze lang niet zoveel over honden wist als ze dacht. Ze kende de honden van haar oom en tante wel, maar dit was toch heel anders. Toch zag ze ook veel gelijkenissen met de paarden waar ze dagelijks mee te maken had.

Aan het einde van de les besloot Katja nog wat te drinken in de kantine. Ze had weinig zin om Bernard weer tegen te komen, dus het was beter dat ze iets later naar huis ging. Ze had zeker zin in het etentje met hem, maar ze maakte zich tegelijkertijd een beetje zorgen. Wat als hij toch hoopte op meer? Ze was duidelijk geweest, maar ze wist niet hoe hij het zag.

Ze bestelde een thee in de kantine en ging zitten. Taz maakte het zichzelf gemakkelijk en ging bij haar voeten liggen. Niet heel veel later kwam Felix de kantine binnen. Hij pakte een koffie en ging bij Katja aan de tafel zitten.

"Hoe bevalt het je tot nu toe?" vroeg hij.

"Erg goed," zei ze. "Ik kom met veel plezier."

"Dat is fijn om te horen," zei hij. "Je hebt een leuke hond. Hij is erg sociaal."

"Hij ziet ook erg veel mensen elke dag."

"Hoe komt dat?"

Ze vertelde dat ze op de manege woonde en werkte en dat ze Taz vaak meenam tijdens haar werkzaamheden.

"De manege? Wat leuk," zei Felix. "Daar loop ik regelmatig langs met de hond."

Ze had hem nooit gezien. Ze had het trouwens ook meestal veel te druk om te kijken wie er allemaal liepen. "Er komen veel mensen langs met hun hond," zei ze.

"Het is vlakbij het bos," zei Felix.

"Kom anders een keer het terrein op," opperde Katja. "Ik loop er meestal wel rond." Vrijwel meteen had ze spijt van die opmerking. Was ze hem nu echt aan het versieren?

"Ik zal het onthouden," zei hij.

Ze bekeek hem nog eens goed. Hij was knap! En ze vond het ook erg leuk dat hij een dierenvriend was. Anders zou hij natuurlijk nooit trainer zijn bij de hondenclub.

"Ben je van plan om later een hondensport met Taz te gaan doen?" vroeg Felix.

"Ik denk het wel," zei ze.

"Leuk."

Katja had haar thee op en zei Felix gedag. Ze verliet het gebouwtje en liep naar haar auto. Op weg naar de auto werd ze aangesproken door iemand. "Wat een leuke hond!" zei de vrouw. "Die ogen. Prachtig! Is het een husky?"

Katja keek even naar Taz. Het leek er nog niet op. Beleefd zei ze: "Nee, dit is een Australian Shepherd."

"Is dat een rashond?"

"Ja."

"Nooit van gehoord." De vrouw liep weer verder en Katja keek haar hoofdschuddend na. Husky? Dat dacht ze waarschijnlijk omdat Taz van die blauwe ogen had.

Ze deed de hond achterin de auto en reed naar huis. De honden van haar oom en tante liepen thuis op het terrein en kwamen Taz meteen begroeten. Falcon en Preston waren allebei Duitse Herders en echte allemansvriendjes. Taz kwispelde vrolijk bij het zien van de twee honden.

Katja haalde opgelucht adem toen ze zag dat de auto van Bernard weg was. Hij was dus niet meer op de manege. Ergens was ze daar blij om.

Ze liet Taz in huis achter en ging daarna haar ronde doen om de paarden te eten te geven. Ondertussen dacht ze aan de hondencursus en vooral aan Felix. Zou hij echt een keer langs komen bij de manege? Ze kon hem dan meteen een rondleiding geven en desnoods iets te drinken geven.

Bij Pepper bleef ze opnieuw wat langer staan. Ze knuffelde met het paard. Alle paarden op de manege waren geweldig, maar met dit dier had ze toch een speciale band. Binnenkort zou ze haar oom en tante vragen om Taz een tijdje in de gaten te houden als ze ging rijden. Taz gedroeg zich prima op het terrein van de manege, maar toch wilde ze dat er een oogje in het zeil werd gehouden. Hij was ook nog zo jong.

Toen ze haar ronde klaar had nam ze Taz nog even naar mee buiten voor een plasje. Daarna startte ze haar laptop op. Opnieuw zocht ze naar Felix op Facebook. Dit keer voegde ze hem wel toe als vriend. Zou hij haar verzoek accepteren?

Lang hoefde ze niet te wachten. Ze kreeg al snel een melding dat hij haar uitnodiging had geaccepteerd. Ze ging snel naar zijn profiel. Er stonden redelijk wat foto's op van natuur, gemaakt tijdens wandelingen. Ook kwam ze een aantal foto's tegen van zijn labrador.

Had hij een vriendin? Ze bekeek zijn status en kwam tot de ontdekking dat hij vrijgezel was. Haar hart sloeg een slag over. Ze zou een kans kunnen maken! Dat was goed nieuws dat hij nog niemand had. Zou ze het lef hebben hem te versieren? Waarschijnlijk wel. Ze was altijd al vrij zelfverzekerd geweest, maar bij Felix vond ze het op de één of andere manier wat spannend. Misschien omdat hij haar les gaf en dus eigenlijk boven haar stond, of moest ze dat niet op die manier zien?

HOOFDSTUK 4

Katja was bezig met het uitmesten van de stallen. Dat deed ze één keer per dag. Ze moest de natte plekken en drollen uit de stallen halen en er daarna een laag nieuw stro overheen gooien. Het was zwaar werk om alle stallen te doen, maar toch hield ze ervan. Vandaag hoopte dat ze op tijd klaar was voor haar diner met Bernard. Hij had nog les, maar kon elk moment terugkomen. En ze moest nog zeker drie stallen doen!

Taz lag in de buurt en keek naar zijn baasje. Het was leuk om te zien hoe goed hij haar in de gaten hield. Haar oom en tante zouden op hem letten als ze uit eten ging. Bernard had gereserveerd bij een restaurant in de stad. Ze was benieuwd, maar vond het ook erg eng. Nog steeds wist ze niet zeker of ze wel de goede keuze had gemaakt. Misschien had ze nooit moeten instemmen met een etentje.

Met een volle kruiwagen liep ze de stal uit. Taz sprong meteen op, om haar achterna te komen. Bij de mesthoop leegde ze haar kruiwagen en daarna ging ze weer naar de stal.

"Hoi, Katja."

Geschrokken draaide ze zich om. Was Bernard nu al klaar met zijn les? Maar in plaats van Bernard, zag ze dat Felix achter haar stond.

"Ik zag je lopen," zei hij. "Druk aan het werk, zie ik."

"Inderdaad, maar ik schiet al aardig op."

"Dan zullen we je niet langer meer storen."

We? Nu pas zag Katja de labrador die bij Taz aan het snuffelen was. "Je stoort niet," zei ze snel. "Ik kan je wel wat van de manege laten zien, als je dat leuk vindt." Ze moest eigenlijk wel op tijd klaar zijn, maar deze kans wilde ze niet laten schieten.

"Dat is goed," zei hij.

Ze liet hem de stallen, de kantine en de weide zien. Ook liet ze hem kennismaken met Pepper. Hij bleef een beetje op afstand, dat viel haar wel op. Vond hij paarden niet leuk? Maar hij was toch echt de manege opgekomen, dus zo erg zou het waarschijnlijk ook niet zijn.

"Je woont hier ook, toch?" vroeg hij.

Ze knikte en wees naar het huis. "Een gedeelte ervan is van mij," legde ze uit.

"Dat is vast heerlijk voor je, want je bent altijd in de buurt van de paarden."

"Ik zou niet anders willen."

"Je hebt dus van je hobby je beroep gemaakt."

"Klopt." Ze had er zelf nooit zo bij stilgestaan, maar hij had gelijk. "En jij volgens mij ook, of niet?"

"Ik werk in een fabriek," lachte Felix. "Bij de hondenschool ben ik een vrijwilliger, maar ik vind het heerlijk om te doen."

Ze zag dat Bernard hun richting op kwam lopen. Ze voelde zich wat ongemakkelijk. Wat nu? Ze kon zich niet voorstellen dat Bernard het leuk vond dat ze met iemand stond te praten én dat ze nog niet klaar was met de stallen.

"Zullen we gaan?" vroeg Bernard. Hij negeerde Felix volledig.

"Ik ben nog niet helemaal klaar," gaf ze toe. "Ik moet nog een paar stallen doen."

"Ik kan je wel even helpen," opperde Bernard. "We moeten wel op tijd bij het restaurant zijn."

"Dan gaan wij weer," zei Felix. "Ik wilde toch nog een wandeling door het bos maken met Jara." Hij nam afscheid van Katja en riep zijn hond bij zich.

Bernard vroeg niks, tot haar grote verbazing. In plaats daarvan hielp hij haar met de stallen. Ze waren vrij snel klaar. Katja bracht Taz naar Ton en Debby. Daarna stapte ze bij Bernard in de auto. Hij reed naar de stad en had het ondertussen over de les die hij had gehad. Hij praatte met veel passie, dat vond ze leuk om te horen. Ze luisterde naar de anekdotes en lachte om zijn verhalen.

Hij had gereserveerd bij een Italiaans restaurant dat er erg sfeervol uit zag. Er klonk Italiaanse muziek en de kaarsjes op tafel zorgde voor meer sfeer. Ze hadden een plekje bij het raam. Ze kregen al snel de kaart. Er stonden veel gerechten op die heerlijk klonken en Katja vond het moeilijk om een keuze te maken. Uiteindelijk ging ze voor de pasta met zalm. Bernard koos voor een pasta met een vierkazensaus.

Het drinken werd al snel gebracht. Katja had een rode wijn en Bernard een cola. Hij hief het glas. "Op een gezellige avond," zei hij.

"Inderdaad," zei ze.

Ze hadden het over koetjes en kalfjes en Katja merkte dat ze toch erg ontspannen was. Ze had zich waarschijnlijk zorgen gemaakt om niks. Waarom had ze zich van tevoren zo druk gemaakt? Ze kende Bernard toch? Hij was echt geen foute man.

Het eten werd gebracht en het zag er goed uit. Het rook ook heerlijk en na de eerste hap wist ze dat Bernard een goed restaurant had uitgekozen.

"Wie was die man eigenlijk waar je net mee stond te praten?"

vroeg Bernard na een tijdje.

"Oh, dat was Felix." Ze probeerde normaal te klinken en niet te laten merken wat ze voor hem voelde. "Hij is de trainer op de puppycursus."

"Wat deed hij op de manege?"

"Hij liep langs en zag me. Hij kwam even langs om hallo te zeggen en ik heb hem de manege meteen laten zien." Ergens vond ze het vreemd dat hij deze vragen stelde. Was hij soms jaloers?

"Vandaar," zei Bernard. "Ik kende hem niet. De meeste mensen die op het terrein komen herken ik wel."

Katja knikte. Zij had hetzelfde. Ze kende iedereen die op de manege kwam. De instructeurs, de kantinemedewerkster, de cursisten en de mensen die een eigen paard op manege hadden staan. Ze had haar beste vriendin zelfs leren kennen op de manege. Marjolein kwam al jaren op het terrein. Eerst volgde ze lessen en tegenwoordig had ze haar eigen paard.

Ze vond het gezellig en ze merkte ook dat hij geen aanstalten maakte om haar te versieren. Ook dat vond ze fijn.

Na het eten besloten ze een nagerecht te nemen. Katja koos voor de dame blanche en ook dit zag er weer fantastisch uit.

Katja wist dat ze deze date nog een keer ter sprake moest brengen. Voorzichtig zei ze: "Ik vind het erg leuk dat je me hierheen hebt meegenomen. Ik hoop dat je wel echt begrijpt dat ik je als een goede vriend zie."

Bernard knikte. "Dat zei je al," antwoordde hij. "Maak je maar geen zorgen. Ik vind het niet leuk, maar ik accepteer het wel."

"Sorry," zei ze. "Ik begrijp best dat het pijnlijk is om afgewezen te worden."

"Het is niet erg. En het siert je dat je toch met me mee bent gegaan."

"Vrienden dan maar?" vroeg ze.

Hij knikte. "Dat zou ik erg leuk vinden."

De dame blanche smaakte prima en na het etentje besloten ze nog een drankje in een café te nemen. Bernard nam netjes een alcoholvrij biertje. Daarna gingen ze terug naar de manege en zette hij haar af, om vervolgens zelf naar huis te rijden.

Katja was blij met de manier waarop de avond was verlopen. Ze begreep dat ze zich geen zorgen hoefde te maken. Bernard had zich erbij neergelegd. Het was wel pijnlijk voor hem en dat begreep ze, maar ze waardeerde zijn reactie wel.

Ze liep naar het huis van haar oom en tante. Taz sprong meteen op toen hij haar zag. "Hoe was het?" vroeg Debby.

"Gezellig," antwoordde Katja.

"Was het een date?"

Ze schudde haar hoofd. "Bernard vindt me wel leuk, maar het is niet wederzijds. We zijn als vrienden uit eten gegaan."

"En begreep hij het?"

"Ik geloof het wel."

"Fijn."

Ton keek op van zijn krant. "Taz heeft zich gedragen," zei hij. "Heeft vooral liggen slapen."

"Brave hond," zei Katja en ze gaf Taz een aai. Ze gaf aan weer naar haar eigen huis te gaan en nam afscheid van haar oom en tante. Ze had een leuke avond gehad en daar was ze maar wat blij om.

HOOFDSTUK 5

Het ging goed bij de puppycursus. De weken die volgden verliepen prima en Taz luisterde steeds beter. Taz groeide ook nog eens behoorlijk. Zelf had ze dat niet goed door en kreeg het dan ook vooral van anderen te horen. De grootste verandering bij de hond waren zijn ogen. Eerder had hij prachtige helderblauwe ogen gehad, maar nu had hij twee verschillende oogkleuren. Een amberkleurig oog, en een blauw oog. En in zijn blauwe oog zat ook nog een stukje amber. Het was heel gebruikelijk bij een Australian Shepherd om verschillende oogkleuren te hebben. Het viel Katja op hoeveel opmerkingen ze erover kreeg wanneer ze met Taz over het terrein van de manege of door het bos liep.

Katja had ook goed contact met Felix. Ze sprak hem steeds vaker. Na de cursus dronken ze altijd samen in de kantine nog wat en leerden ze elkaar steeds een beetje beter kennen. Ook kwam hij regelmatig langs op de manege. Ze begon hem steeds leuker te vinden en kreeg de indruk dat het wederzijds was. Regelmatig gaf ze hem complimenten en ze betrapte zichzelf steeds vaker op flirtgedrag.

Vandaag was Marjolein op de manege. Ze had een tijdje met Taz gespeeld en ging daarna naar haar paard. Katja liep met haar mee en had net verslag gedaan van haar contact met Felix.

"Ik ben heel benieuwd naar hem," zei Marjolein. Ze opende de stal van haar paard Otto en aaide het dier. "Hij klinkt aardig."

"Hij is een schat."

"Ga er dan voor!" vond haar vriendin. "Je bent al zo lang vrijgezel."

Katja lachte. "Jij bent ook al een tijdje alleen."

"Ik heb voorlopig geen behoefte aan een vriend," antwoordde Marjolein en ze zadelde Otto. Haar ex was vreemdgegaan, nadat ze een paar jaar samen waren. Hij had Marjolein enorm gekwetst en sindsdien leek ze even klaar te zijn met jongens.

Katja zweeg even. Daarna zei ze: "Ik weet niet zeker of hij me wel echt leuk vindt."

"Dat weet je alleen maar wanneer je het hem vraagt."

"Klopt."

Marjolein was even stil. "Wat ben je onzeker," zei ze. "Dat ben ik niet van je gewend."

"Ik herken mezelf ook niet," lachte Katja. Normaal wist ze altijd precies wat ze wilde en maakte ze zich niet zo druk.

"Wat kun je verliezen?"

"Niets," gaf ze toe. Het waren precies de woorden die ze altijd tegen Marjolein zei als die ergens over twijfelde.

Marjolein stak haar duim op. "Dat bedoel ik." Ze liep met Otto de stal uit. "Heb je zin om mee te rijden?"

Katja stemde in. "Ik maak Pepper klaar voor de rit," zei ze. Ze keek naar Taz, die was aan het spelen met de herdershond van haar oom en tante. Ton was ook aanwezig op het terrein en hij zou wel opletten, wist ze.

Niet veel later waren ze in het bos. Katja vond het heerlijk om weer op het paard te zitten. Zeker nu ze samen met Marjolein was. Het kon geen lange ronde worden, want ze moest ook nog veel werk doen. Maar even een ritje maken was toch wel heel fijn. De zon scheen, waardoor het heerlijk weer was om te rijden. Het was rustig in het bos en dat was ook wel prettig.

"Je moet echt voor Felix gaan," herhaalde Marjolein na een tijdje.
"Ik weet het echt niet."

"Waarom twijfel je zo? Dat is niets voor jou."

Katja had er geen antwoord op. Het was ook stom om zo te twijfelen. Ze kon hem toch altijd laten weten hoe leuk ze hem vond? Als het niet wederzijds was, dan was er geen man overboord. Daar kon ze zich echt wel overheen zetten. Of misschien kon ze eerst voorstellen om eens samen wat leuks te gaan doen, een date of zo? Ze hadden elkaar natuurlijk al veel gesproken en leerden elkaar steeds beter kennen, maar een date was toch anders. "Je hebt gelijk," zei Katja. "Ik moet er gewoon voor gaan."

Marjolein grinnikte. "Zullen we een stukje in draf gaan?" vroeg ze. "Stap gaat me toch net wat te langzaam."

"Mijn idee," zei Katja en ze liet Pepper aandraven. Ze genoot van de wind in haar haren. Het was lang geleden dat ze op een paard had gezeten en ze besefte nu pas hoe erg ze het had gemist.

De buitenrit was eigenlijk veel te kort, maar Katja moest echt terug naar Taz. Toen ze Pepper aan het afzadelen was, kwam Sabine naar haar toe. Sabine gaf lessen op de manege en hielp daarnaast ook vaak mee tijdens belangrijke wedstrijden op de manege.

"Heb je aankomende zondagochtend tijd om te helpen met een buitenrit?" vroeg ze. Ze gooide haar lange bruine vlecht naar achteren. "We hebben een groep beginners die hier komt voor een verjaardagsfeest. Caroline kan niet."

Voor verjaardagsfeesten werden altijd de makkelijkste paarden van de manege gebruikt. De groep kreeg dan van tevoren wat uitleg over het paardrijden en vervolgens maakten ze een buiten-rit. Er moesten altijd twee begeleiders aanwezig zijn. Katja had al vaker geholpen met dit soort activiteiten en werd eigenlijk vooral gevraagd als reserve, zoals nu ook het geval was. "Dat is goed," zei ze. Ze had toch nog niks op haar agenda staan die dag en Taz kon vast wel even naar haar oom en tante.

"Bedankt!" zei Sabine. "Het staat gepland om drie uur."

"Geen probleem," zei Katja. Ze ruimde het zadel op en gaf Pepper een knuffel. Daarna liep ze samen met Sabine de stallen uit. Tot haar grote genoegen, kwam Felix net aanlopen met Jara. Katja kon een lach op haar gezicht niet onderdrukken.

"Hey!" begroette ze hem. Iets verderop zag ze Marjolein staan, die vragend naar Felix keek. Katja knikte eventjes, zodat Marjolein wist dat dit inderdaad de man was waar ze het eerder die dag over hadden gehad.

"Hoe gaat het hier?" vroeg Felix. "Druk aan het werk?"

Katja schudde haar hoofd. "Ik ben net wezen paardrijden."

Sabine bleef in de buurt staan en Katja wist dat ze erg nieuwsgierig was en liever niks van het gesprek wilde missen. Er werd veel gekletst op de manege en Sabine was natuurlijk benieuwd wie deze man was.

"Paardrijden?" vroeg Felix. "Ik kan me niet voorstellen dat dat leuk is." Hij lachte erbij.

"Houd je niet van paarden?"

Felix glimlachte. "Ik heb er niks mee.

"Je moet het eens proberen," opperde Katja. "Het is heerlijk."

Hij schudde zijn hoofd. "Ik laat dat liever over aan jou," zei hij. "Laat mij maar veilig bij de grond blijven."

"Ook niet als ik erbij ben?" vroeg ze. Ze merkte dat ze aan het flirten was. Ze keek hem een tijdje aan. Hij wendde zijn hoofd niet af.

"Misschien, maar voorlopig nog niet," zei hij lachend. "De laatste tijd ben ik dichterbij paarden geweest dan ik ooit was."

"Je zult wel merken dat ze hartstikke lief zijn," zei Katja.

Ze zwegen allebei. Dit was het moment, wist Katja. Ze moest hem mee uit vragen, maar met Sabine in de buurt deed ze dat toch liever niet. Ze hield niet zo van luistervinkjes. Ze moest alleen niet te lang wachten. Hoe langer ze wachtte, hoe groter de kans was dat iemand anders haar voor was.

"Zou je het leuk vinden om samen eens wat te doen?" vroeg ze daarom. "Met de honden wandelen, bijvoorbeeld?"

Katja zag dat hij rood werd. "Dat lijkt me erg leuk," zei hij.

"Wanneer?" Nu wilde ze er geen gras meer over laten vallen.

Felix grinnikte. "Zeg het maar, ik moet er toch elke dag uit met Jara."

"Morgen?" stelde Katja voor. Hoe eerder, hoe beter.

Hij knikte. "Dat is goed. Zal ik hierheen komen rond twee uur?"

"Prima! In de ochtend moet ik een paar ruiters die lessen volgen, helpen met de paarden, maar daarna ben ik vrij."

"Ik ga nu verder met mijn wandeling," zei Felix. "Ik zie je morgen!"

Katja wist dat ze een brede grijns op haar gezicht had en het kon haar niks schelen. Ze ging morgen wandelen met Felix. Met z'n tweetjes. Ze wist nog steeds niet zeker of het echt een date was, maar ze kon hem nu wel een stuk beter leren kennen.

Vanuit haar ooghoeken zag ze Sabine Felix nakijken. Ze vroeg zich vast af wie hij was en waarom ze hem nog niet eerder had gezien.

Katja liep snel naar Marjolein, die op een afstand was blijven staan. "Was dat hem?" vroeg ze meteen. "Wat is hij knap! Ik begrijp wel waarom je hem zo leuk vindt."

"Kon je horen wat hij zei?" vroeg Katja.

Marjolein schudde haar hoofd. "Ik was te ver weg."

"Ik vroeg of hij een keer met de honden wilde wandelen," vertelde Katja.

"Heeft hij ja gezegd?"

"Natuurlijk!" Katja glunderde. "Ik weet alleen niet of ik dit als een date moet zien of niet."

"Ik vind van wel," zei Marjolein. "Jullie zijn toch samen?"

Dat was zo. En ook al zag Felix het niet als een date, ze kon tenminste altijd peilen wat hij van haar vond. Zij was verliefd op hem en ze hoopte maar dat het wederzijds was. Ze kon nu al niet wachten op de volgende dag.

HOOFDSTUK 6

Felix was tien minuten te vroeg en daar was Katja eigenlijk wel blij om. Ze had haar werk voor de ochtend al een tijdje klaar en ze had ongeveer elke minuut op de klok gekeken. Het was lang geleden geweest dat ze zo nerveus was en ze leek over alles wel te aarzelen. Moest ze bijvoorbeeld niet wat make-up op doen of leuke kleding uitkiezen? Ze besloot dat niet te doen, want zo liep ze er nooit bij. Het was ook wel vreemd om je op te doffen wanneer je alleen maar met de hond ging wandelen. Trouwens, ze wilde zich ook niet anders voordoen dan ze was.

"Ben je er klaar voor?" vroeg Felix.

"Ik moet even de riem van Taz pakken en dan kunnen we gaan." Taz keek op bij het horen van zijn naam en kwam meteen in beweging. Toen hij Jara zag kwispelde hij vrolijk en maakte een paar speelse sprongen.

"We kunnen niet een al te lang rondje maken," zei Felix. "Taz is nog jong. Een korter rondje is dus beter voor hem. Maar we zouden na afloop wel wat kunnen drinken bij mij thuis. De honden kunnen dan met elkaar spelen in de tuin."

Katja stemde in met zijn idee. Ze wist dat Jara prima met puppy's overweg kon en dat ze geen enkel probleem met Taz had. Ergens vond ze het wel een spannend idee om bij Felix thuis te komen. Hoe zou hij wonen? Ze kon zich er niet echt een voorstelling bij maken.

Ze gingen het bos in en Felix liet haar een mooie route zien. Ze kende het bos wel, maar eigenlijk was ze alleen bekend met de ruiterpaden. Nu zag ze opeens een heel ander stuk waar ze nooit was geweest. De honden konden hier los lopen en Katja en Felix raakten met elkaar in gesprek. Ze hadden elkaar wel vaker gesproken, maar hier in het bos was het toch anders. Katja had het idee dat ze hem een stuk beter leerde kennen.

Hij werkte als administratief medewerker in een fabriek en hij zag er eigenlijk nog maar weinig uitdaging in. Toch durfde hij het niet aan om te zoeken naar iets anders, omdat hij dan zijn vaste contract moest verwisselen voor een tijdelijk contract. Om toch wat uitdaging te vinden, had hij zich een aantal jaar geleden aangemeld als hondentrainer bij de lokale hondenschool en daar kwam hij nog steeds met veel plezier.

Felix had twee broers, die allebei in de grote stad woonden. Ondanks dat zag hij ze nog wel regelmatig. Hij scheen geen goede band te hebben met zijn broers.

Katja vertelde ook veel over haar leven. Dat ze op de manege woonde en er echt een eigen plekje en privacy had, ondanks dat ze toch heel dicht op de lip van haar oom en tante zat. Ze vertelde ook dat ze geen broers en zussen had. Over haar ouders zei ze niets. Dat kwam later wel, was nu nog niet belangrijk.

Het was gezellig en Katja vermaakte zich. Ze mocht Felix des te meer, nu ze hem beter leerde kennen. Het leek haar een gevoelige man, eentje met het hart op de juiste plek. En hij hield van dieren. Ze had altijd gezegd dat haar toekomstige man een dierenvriend moest zijn. Goed, nou was het toch wel wat voorbarig om hem al te zien als toekomstige man, maar hij had wel degelijk potentie – als het aan haar lag dan.

Het was inderdaad geen lange ronde en ze liepen al snel in de richting van Felix' huis. Het was geen groot huis, zag Katja, maar het had wel iets schattigs. Het leek een wat oudere woning te zijn en het straalde veel sfeer uit.

"Laten we in de achtertuin gaan zitten," stelde Felix voor. "Daar kunnen de honden met elkaar spelen, als ze willen. En trouwens, het is veel te mooi weer om binnen te zitten."

Hij liep met haar mee via een paadje naar de achterkant van het huis. Tot haar grote verbazing was de achtertuin een stuk groter dan ze bij zo'n klein huisje had verwacht.

Taz en Jara renden spelend door de tuin. "Ze kunnen het goed met elkaar vinden," zei Katja.

"Inderdaad," lachte Felix. "Dat valt me nog mee trouwens, Jara kan wat snauwen naar andere honden."

"Ik kan het haast niet geloven als ik deze twee zo zie."

"Wil je iets te drinken?"

"Doe maar iets fris."

Hij ging het huis in en Katja maakte het zichzelf gemakkelijk op één van de stoelen van de tuinset. Het was inderdaad heerlijk weer. De zon scheen op haar gezicht en ze genoot ervan.

Het duurde niet lang tot hij terug kwam met het drinken. Taz lag ondertussen in het gras en zag er moe uit. De hond had veel nieuwe indrukken opgedaan. Waarschijnlijk moest ze hem dragen als ze weer naar huis ging, maar dat was niet zo'n ramp. Zo zwaar was hij nog niet. En trouwens, op de manege droeg ze vaak veel zwaardere dingen. Ook Jara plofte in het gras.

"Ik vond het erg gezellig vandaag," zei Felix.

"Ik ook," antwoordde ze. "Ik vind je erg leuk," zei ze. Het hoge woord was eruit. "Dat vond ik al meteen toen ik je zag bij de eerste les van de puppycursus."

Ze keek hem aan. Werd hij nou rood? Dat was best schattig. "Ik vind jou ook een hele leuke meid," zei hij.

Haar hart maakte een sprongetje. Dit was een goed teken. Ze hoopte vooral dat er geen 'maar' achteraan kwam. "Echt?" vroeg ze.

"Ja, natuurlijk." Hij glimlachte.

Ze glimlachte ook. "Binnenkort naar de bioscoop gaan?" opperde ze. Nu ze wist dat de gevoelens wederzijds waren, wilde ze zich vooral niet inhouden.

"Lijkt me leuk."

Ze was langer bij Felix gebleven dan ze eigenlijk had gewild, maar het maakte haar niks uit. Ze kon wel dansen van vreugde nu ze wist hoe hij over haar dacht. De hele middag hadden ze in de tuin gezeten en met elkaar gepraat. Tegen etenstijd besloot Katja dat het toch echt tijd was om te gaan. Ze moest op de manege nog genoeg doen. Ze wilde hem uitnodigen om te blijven eten, maar bedacht dat het door haar drukke planning toch niet goed uitkwam.

Hij bood aan om haar naar huis te brengen, een aanbod waar ze dankbaar gebruik van maakte. Taz was duidelijk nog steeds erg moe en ze wilde het hem niet aandoen om terug naar huis te lopen. Nu hoefde ze hem tenminste niet te tillen.

Met de auto was het maar een paar minuten rijden en Katja vond het jammer toen ze de manege al zag. Ze was liever nog langer bij hem gebleven. Ze voelde zich prettig in zijn aanwezigheid.

"Ik zie je snel weer," zei Felix, nadat hij de auto had geparkeerd.

"Dat weet ik wel zeker." Ze knipoogde.

Ze knipte haar gordel los. "Bedankt voor de lift," zei ze.

"Graag ged…" Hij kon zijn zin niet afmaken, want ze gaf hem een zoen.

"Wauw," fluisterde hij. "Die zag ik even niet aankomen." Hij was rood geworden. Wat leuk dat hij ook een verlegen kant had.

"Dat was ook de bedoeling," zei ze. "Tot snel!" Ze gaf hem opnieuw een kusje en stapte de auto uit. Ze zwaaide toen hij wegreed en zette Taz op de grond. Dat laatste stukje kon hij wel weer lopen, vond ze.

Ze keek naar de stallen. Daar stond Bernard en hij keek haar kant op. Had hij gezien dat ze Felix had gezoend? Dat was niet haar bedoeling geweest. Ze wist wat hij voor haar voelde en ze wilde hem geen pijn doen. Aan de andere kant wilde ze ook niet op haar tenen lopen. Het klikte tussen haar en Felix, dus waarom zou ze zoiets verbergen? Ze zwaaide naar hem en hij zwaaide terug met een brede grijns op zijn gezicht. Misschien had hij het toch niet gezien. Voorlopig was dat misschien nog even beter.

Katja pakte haar mobiel en stuurde en berichtje naar Marjolein:

Ik ben verliefd! Het was ontzettend leuk vandaag!

Meer liet ze nog even niet weten. Ze stuurde bewust niets over de zoen, omdat ze het liever persoonlijk aan haar vriendin vertelde.

"Kom Taz," zei ze.

Taz keek op en liep achter haar aan naar huis. Haar dag kon niet meer stuk, dat stond vast.

HOOFDSTUK 7

Katja wachtte in de kantine op Sabine. Sabine was wat aan de late kant en Katja hoopte maar dat ze nog genoeg tijd hadden om de buitenrit voor te bereiden. Ze wist niet precies wat vandaag de bedoeling was en ze had ook geen idee hoe groot de groep was.

"Ze zal zo wel komen," zei Marianne, toen ze Katja op de klok zag kijken.

Marianne was de medewerkster van de kantine. Ze was er altijd wanneer de manege was geopend en ze zorgde voor een leuke sfeer in de kantine. Marianne was goedlachs en altijd in voor een praatje. Mensen bleven vaak langer dan nodig in de kantine zitten, puur omdat ze het zo gezellig vonden.

Eindelijk kwam Sabine binnen. "Sorry," zei ze. "Ik had me bijna verslapen. Zullen we de paarden alvast klaarmaken?"

Katja stemde in. "Hoeveel paarden hebben we nodig?"

"Negen."

"Inclusief die van ons?"

"Ja," antwoordde Sabine. "Best een grote groep dus."

"En het zijn beginners, toch? Volwassenen?"

Sabine bevestigde dit opnieuw. De jarige zelf volgde lessen bij Sabine en het leek haar leuk om haar verjaardag gedeeltelijk op de manege te vieren. Na het bezoekje aan de manege zouden ze ergens anders met de groep gaan eten.

"Laten we dan maar paarden als Lucy en Donja klaarmaken," opperde Katja. "Ik zou zelf graag op Pepper willen rijden."

"Dat had ik al gedacht," grijnsde Sabine. "Dat lijkt me geen enkel probleem."

Ze liepen naar de stallen om het verjaardagsfeest voor te berei-den. "Wie was die jongen laatst?" vroeg Sabine na een tijdje.

Katja pakte het zadel van het paard Donja. Ze wist meteen waar Sabine op doelde. "Dat was Felix."

"Ik heb hem hier al vaker gezien," zei Sabine. "Volgt hij hier les-sen?"

Katja schudde glimlachend haar hoofd. "Hij is de hondentrainer bij de puppycursus die ik met Taz volg."

"Wat doet hij hier dan?"

Katja besloot het niet voor zich te houden. Ze was veel te blij met de laatste ontwikkelingen. "Hij is mijn vriend."

"Echt?" Sabine's ogen werden groot van verbazing. "Waarom weet ik dat nu pas?" Ze lachte.

"Het is pas sinds gisteren officieel," legde Katja uit. "Je bent de eerste die het weet."

"Wat leuk dat ik de eer heb gekregen," zei Sabine. "En je hebt smaak. Hij is knap, dat viel me al meteen op."

"Hij is ook heel aardig."

"Normaal val ik niet op mannen die lang haar hebben," ging Sabine verder. Ze klonk een beetje dromerig. "Ik zou echter best verliefd kunnen worden op Felix."

"Moet ik me nu zorgen maken?" grapte Katja. Ze controleerde of het zadel goed vast zat.

"Huh?" Sabine keek verbaasd op. "Nee, natuurlijk niet. Hij is leuk, maar ik zal hem niet versieren."

"Dat is je geraden."

"Sabine, Katja? De groep is er." Marianne was de stal ingekomen. "Moet ik ze hierheen sturen, of komen jullie naar de kantine?"

"Ik haal ze wel op," zei Sabine. Ze keek Katja aan. "Jij redt je wel?"

"Natuurlijk!" Ze wist precies wat er van haar werd verwacht. Ze wist ook dat Sabine de groep nu zou inlichten over het programma van deze dag. Ook zou ze even kennismaken met de mensen waar ze vandaag mee te maken had. Katja wist dat ze vandaag niet heel veel hoefde te doen. Sabine vond het heerlijk om groepen te begeleiden en was dan echt in haar element. Katja was er vooral bij als extra begeleiding en hulp.

Het duurde niet heel lang tot Sabine terugkwam met een groep van vijf. Er waren drie vrouwen en twee mannen en ze leken allemaal veel zin te hebben in een gezellige dag.

Twee mensen uit de groep bleken nog niet eerder op een paard gezeten te hebben en Sabine en Katja besloten dat zij op Lucy en Donja zouden rijden.

Telkens gaf Sabine iemand een paard en ze liep dan met die persoon en het paard mee naar de binnenbak, net zolang tot iedereen een paard. Daarna liepen Sabine en Katja naar de binnenbak. Sabine hielp iedereen op het paard en daarna liet ze de groep oefenen, zodat ze wisten hoe het paardrijden ongeveer moest. De basis werd goed uitgelegd en Katja kon zien waarom Sabine was aangenomen als paardrijlerares. Ze kon alles helder en duidelijk vertellen. Het was mooi om te zien hoe ze de groep bochten liet maken en vaak maar één of twee keer iets hoefde uit te leggen. Ze was kundig en wist precies wat ze deed.

Na ongeveer een uur maakte Katja de twee paarden klaar waar zij en Sabine op zouden rijden, zodat ze ook echt naar buiten konden met de groep. Ze liep eerst met Gustav naar de binnenbak, zodat

Sabine alvast op haar paard kon stappen. Daarna kwam ze zelf met Pepper.

"Zal ik voorop gaan?" stelde Sabine voor.

"Dat is goed!" Het was de bedoeling dat ze in een rij achter elkaar zouden lopen. Zowel vooraan de stoet als achteraan moest een begeleider zijn, zodat alles goed in de gaten gehouden kon worden. Katja had er geen enkel probleem mee om achteraan te lopen.

Sabine legde uit hoe ze achter elkaar konden rijden. De paarden deden dit meestal toch al, dus het was voor de groep niet zo moeilijk om de instructies op te volgen.

Ze maakten een tocht die gedeeltelijk door het bos en gedeeltelijk over de heide ging. Katja luisterde vooral naar de gesprekken die de vijf mensen voerden. Ze hadden het over mensen uit hun vriendenkring die niet bij het paardrijden wilden zijn. Ze kwamen pas later om de verjaardag te vieren. Het was leuk om te luisteren naar gesprekken van mensen die Katja eigenlijk niet kende en die gingen over mensen die ze ook niet kende. Het zorgde voor een soort ontspannend gevoel. Ondertussen genoot ze vooral van de omgeving.

Af en toe werd er wat gevraagd aan Katja of Sabine over het paardrijden. Eén van de vrouwen was vooral geïnteresseerd in wedstrijdrijden en wilde weten of ze lessen kon volgen daarvoor op de manege. Eén van de mannen stelde Katja vooral veel vragen toen hij hoorde dat ze op de manege woonde. Hij wilde weten hoe dat zo was gekomen en of het haar niet verveelde. Ze gaf niet overal evenveel antwoord op. Soms hield ze het bij een simpele reactie, omdat ze niet vond dat ze haar hele privéleven moest vertellen.

De buitenrit duurde bijna drie uur. Ze waren langer onderweg dan ze in eerste instantie hadden verwacht.

Het was dan ook zulk mooi weer. De zon scheen en er stond maar een zacht briesje. Het ideale weer voor een lekker lange paardenrit. Katja genoot van elk moment.

"Dat was een leuke rit," vond de jarige van het gezelschap.

Sabine en Katja hielpen mee om de paarden terug in de stal te zetten en wezen waar het zadel en de sjabrakken moesten liggen. Iedereen hielp mee om alles netjes op te ruimen.

"Jullie kunnen in de kantine nog wat drinken," zei Sabine.

"Daar zijn we wel aan toe!" lachte iemand anders."

"Ja, dat hebben jullie wel verdiend," zei Katja. Zij en Sabine liepen mee naar de kantine. Zelf wilden ze ook wel wat drinken.

"Bedankt dat je me hebt geholpen," zei Sabine toen ze aan een tafeltje zaten met hun drankjes. "Ik raakte een beetje in paniek toen Caroline niet kon. Als jij niet had gekund, had ik iemand anders moeten zoeken."

"Daar hoef je je toch geen zorgen om te maken," zei Katja. "Ik vind het leuk om te doen."

"Je hebt nu een vriend," zei Sabine. "Ik had het me best kunnen voorstellen dat je liever naar hem ging."

"Onze afspraak stond al voordat ik iets met Felix kreeg," zei Katja. "Dat begrijpt hij best."

"Je verkiest dus niet je vriend boven het paardrijden?"

"Geen haar op mijn hoofd die daar aan denkt," grinnikte Katja.

Sabine lachte ook, waardoor haar vlecht heen en weer bewoog.

Er zat een roze lint in, zag Katja. Haar collega had altijd een andere kleur lint in haar vlecht. Iedereen op de manege herkende Sabine aan die vlecht. Katja vond het prachtig, maar ze wist dat het niet bij haar paste.

Toen de groep de manege weer verliet, besloot Katja ook weer naar huis te gaan. Ze had gedaan waarvoor ze kwam en ze vond dat ze wel even wat rust had verdiend.

"Je moet niet naar huis," lachte Sabine. "Je moet naar die knappe vriend van je!" Katja lachte ook. Ze zou inderdaad niet direct naar huis gaan, want ze moest Taz eerst bij haar oom en tante halen. Felix zou ze snel weer zien. Ze kon niet wachten tot het zo ver was.

HOOFDSTUK 8

Er ging ongeveer een week voorbij en Katja was dolblij toen Marjolein haar een sms'je stuurde om te vragen of ze 's avonds naar de stad wilde. Het was koopavond en een avondje winkelen met haar vriendin klonk als een prima plan.

Ze hadden afgesproken in de stad zelf. Felix had beloofd om op Taz te passen, zodat Taz en Jara ook nog samen konden spelen. Katja hoefde vooral geen haast te maken en dat vond ze erg lief van hem. Ze was heel benieuwd wat Marjolein van hem vond en ze kon niet wachten tot ze het tweetal aan elkaar kon voorstellen.

Marjolein was er al toen Katja aan kwam fietsen. "Leuk om je eindelijk weer te zien," begroette ze haar.

"Hoe gaat het?" vroeg Marjolein.

Katja grijnsde breed. "Heel goed!" zei ze. "Ik ben geen vrijgezel meer."

Marjoleins ogen werden groot. "Dat is goed nieuws," zei ze. "Vertel me er alles over!"

Katja zette haar fiets op slot. "De date was erg gezellig. We hebben gewandeld en elkaar een stuk beter leren kennen."

"En hij vond het dus ook gezellig?" vroeg Marjolein.

"Inderdaad." Katja vertelde hoe hij haar naar huis had gebracht en hoe ze hem had gezoend. Ze lachte weer toen ze dacht aan zijn rode hoofd.

"Wat voor een type is het?" wilde Marjolein weten. Ze liepen een kledingwinkel in. Katja hoopte een leuke rok of jurk te scoren. Zulke kleding droeg ze niet heel vaak, want op de manege was dat niet praktisch, maar nu wilde ze zich toch wel wat leuker kleden tijdens de afspraken die ze met Felix had.

"Hij is heel rustig," zei Katja. "En hij is wat verlegen en terughoudend."

"Heel anders dus dan hoe jij bent."

"Inderdaad, we kunnen elkaar dus goed aanvullen," lachte Katja.

"Ik ken hem nog niet heel goed. De komende tijd hoop ik hem beter te leren kennen. Tot nu toe vind ik hem vooral heel lief."

"En hij ziet er goed uit," zei Marjolein.

"Absoluut. Zijn lange haar, zijn lichaam," zwijmelde Katja . "Zijn groene ogen vielen me trouwens meteen op."

"Ik wil graag kennismaken met hem," zei Marjolein. "Ik heb hem wel eens gezien, maar verder heb ik geen beeld bij hem." Ze keek in een kledingrek en trok er een truitje uit. Blijkbaar vond ze het toch niet leuk, want ze legde het meteen weer terug.

"Ik hoop dat jullie het goed met elkaar kunnen vinden," zei Katja.

"We moeten dat binnenkort maar eens regelen. Dat vindt hij ook vast leuk."

Marjolein glimlachte. "Ik ben heel benieuwd," zei ze.

"Ik zag Bernard trouwens op de manege nadat ik Felix zoende," zei Katja na een tijdje. "Ik weet niet zeker of hij het heeft gezien."

"Wil je het dan voor hem verborgen houden?"

Katja schudde meteen haar hoofd. "Ik wil best rekening met hem houden, want ik kan me voorstellen dat het pijnlijk is, maar ik kan er niet altijd rekening mee houden."

"Hoe zal hij reageren als hij weet dat je een vriend hebt?"

"Ik weet het niet," zei Katja met een zucht. "Ik hoop dat hij er geen problemen mee heeft, maar ik kan er geen inschatting van maken."

"Afwachten dus."

Katja knikte. Ze zag een rokje dat ze toch wel erg leuk vond en ging naar het pashokje om te kijken hoe het haar stond. Het bleek een ontzettend leuke rok te zijn en ze hoefde er niet lang over na te denken of ze het zou kopen. Misschien kon ze het aantrekken voordat Felix Taz bij haar zou brengen. Ze grijnsde. Kleding kopen omdat je mooi wilde zijn voor je vriend. Ze had nog nooit zoiets gedaan, maar dit keer vond ze het maar wat leuk.

Behalve de rok had ze ook een nieuw topje gekocht. De nieuwe kleding had ze aangetrokken en ze wachtte tot Felix met Taz kwam.

Het duurde niet heel lang tot hij aanbelde. Taz liep kwispelend naar haar. Fijn om te zien dat haar hond het leuk vond om haar weer te zien. Ze gaf Felix een zoen en draaide daarna een rondje.

"Wat vind je ervan?" vroeg ze.

"Vandaag gekocht?" vroeg hij. "Staat je goed! Was het gezellig?"

"Heel erg," zei ze. "We zien elkaar niet vaak, dus we hebben flink bij kunnen praten."

"Dat is fijn," zei hij. "Ze komt ook vaak op de manege, is het niet?"

"Ze heeft een eigen paard," zei ze. "Ze is er dus regelmatig, maar omdat ik aan het werk ben, kan ik haar niet altijd spreken."

"Dat lijkt me vervelend," zei hij.

"Het went," zei ze. "En als we elkaar een tijd niet hebben gezien, dan is het des te gezelliger als we wel weer wat doen samen."

"Daar kan ik me ook wel wat bij voorstellen," zei Felix.

Ze zwegen even. "Hoe zijn jouw vrienden?" vroeg ze.

"Ik heb één goede vriend. Zijn naam is Martin. We zijn collega's van elkaar en kennen elkaar al van de middelbare school. Verder heb ik niet veel vrienden. Ik heb daar ook niet de behoefte aan."

"Waarom niet?"

"Ik weet het niet," zei hij. "Ik ben graag alleen. Dan voel ik me op mijn gemak. Ik kies de mensen in mijn omgeving zorgvuldig uit en laat niet iedereen toe in mijn leven."

"Dat vind ik dan wel een compliment," zei Katja.

Hij trok haar naar zich toe. "Zo mag je dat ook wel zien," zei hij. "Ik vind het prettig om bij je te zijn. Je doet iets met me. Soms voel ik me nog wel een beetje ongemakkelijk, maar ik moet ook nog wennen aan de hele situatie."

"Wennen?"

"Voor jou was ik zeker drie jaar single. Ik ben het niet meer gewend om een vriendin te hebben," legde hij uit. "Het voelt allemaal nieuw en onwennig."

Ze wachtte even tot ze antwoordde. "Voor mij is het ook wennen," zei ze. "Maar het voelt niet ongemakkelijk of vreemd. Ik geniet er vooral van."

"Dat doe ik ook," zei hij. "Ik geniet van elke minuut die ik bij je ben."

"Dat is je geraden ook," lachte ze. Ze gaf hem een zoen en genoot van zijn aanwezigheid.

Ze vond het ook erg jammer toen hij weer naar huis ging. Ze moesten allebei die dag erna werken, dus ze konden het niet te laat maken. Toen hij weg was, haalde ze diep adem. Telkens leerde ze hem een stukje beter kennen en ze voelde steeds meer een connectie met hem. Hij was niet alleen leuk om te zien, maar had ook een geweldige persoonlijkheid. Er zat niks kwaads in hem en dat vond ze juist zo bevrijdend.

HOOFDSTUK 9

De weken die volgden verliepen heel goed. Katja leerde Felix steeds beter kennen. Ze kwam al snel tot de conclusie dat hij inderdaad heel rustig was en soms zelfs een tikkeltje onzeker. Regelmatig maakten ze samen wandelingen en het uitje naar de bioscoop was ook goed verlopen. Telkens wanneer ze hem zag, voelde ze de vlinders in haar buik. Soms had ze het idee alsof ze zich als een puber gedroeg, maar tegelijkertijd kon dat haar weinig schelen. Ook als je wat ouder was, mocht je best wat puberaal zijn, toch?

Tijdens de cursus gedroeg Felix zich professioneel. Hij gaf haar geen extra aandacht, maar negeerde haar ook niet. Eigenlijk deed hij precies wat hij moest doen om haar – en de andere cursisten – te leren wat ze moest weten. Taz pakte alles enorm snel op tijdens de cursus en het bleef haar verbazen hoe goed hij luisterde. Volgens Felix kwam dat omdat ze precies wist hoe ze met het dier om moest gaan. Nog een paar weken en de cursus was voorbij. Katja wilde daarna de cursus voor jonge honden gaan doen. Felix gaf daar geen les in. Aan de ene kant vond ze dat wel jammer, maar aan de andere kant maakte het weinig uit wie de les gaf.

Op de manege wisten de meesten wel dat Katja een vriend had. Ze had het nooit echt openbaar bekend gemaakt, maar mensen zagen haar en Felix veel samen. Af en toe kwam er iemand naar haar toe om te vragen of ze een vriend had, dan knikte ze trots. Er werd veel geroddeld op de manege, dus het was een kwestie van tijd tot iedereen het wist.

Marjolein had enthousiast gereageerd toen ze het nieuws hoorde.

"Ik zei het toch!" riep ze toen uit. Het was fijn om te weten dat haar vriendin zo blij was voor haar.

Bernard hield al die weken veel afstand en ze wist niet goed hoe ze daarmee om moest gaan. Wanneer ze hem tegenkwam, was hij vooral heel druk en had hij geen tijd voor haar. Hij had geen enkele keer meer geholpen met het schoonmaken van de stallen. Ze vroeg zich af of het te maken had met haar relatie met Felix. Ze wilde het er graag eens met Bernard over hebben, maar ze kreeg de kans niet omdat ze hem amper zag.

Vandaag was ze bezig met het schoonmaken van de stal van de pony Misty. Af en toe keek ze op haar horloge om te zien hoe laat het was. Felix zou na zijn werk langskomen op de manege. Ton en Debby hadden hen uitgenodigd om te blijven eten. Voor Katja was het toch wel spannend, ze vond het belangrijk dat haar oom en tante het ook goed met Felix konden vinden. Al kon ze zich bijna niet voorstellen dat er problemen kwamen.

Ze was klaar met de stal en liep met de kruiwagen terug naar buiten. Ze zag dat Felix er al was. Hij stond te praten met twee meiden die lessen volgden op de manege. Jara zat bij zijn voeten en kwispelde toen ze Katja zag.

Ze leegde de kruiwagen en liep daarna naar hem. "Hoi," zei ze glimlachend.

"Klaar met je werk?" vroeg hij.

"Ja. Ik moet me nog wel even opfrissen voordat we naar mijn oom en tante gaan."

"Geen probleem!" Hij zei gedag tegen de twee meiden en liep met haar mee naar haar huis. Taz begroette Felix en Jara meteen enthousiast. Ze had hem thuis gelaten tijdens haar ronde, omdat hij erg moe was.

"Wil je wat te drinken?" vroeg Katja. "Dan spring ik even snel onder de douche."

"Ik weet het wel te vinden," lachte hij.

Ze waren nog niet lang samen, maar Katja had al snel duidelijk gemaakt waar alles stond. Ze had er nooit problemen mee als mensen pakten wat ze wilden.

Ze gaf hem een zoen en ging naar de badkamer. Onder de douche bedacht ze hoeveel geluk ze had met Felix. Ze waren nog niet zo lang samen, maar het voelde erg vertrouwd. Dat ze hem had zien praten met een paar meiden op de manege was niet iets waar ze zich druk om maakte. Hij leek haar geen type om zomaar met iedereen te flirten. En trouwens: als er iemand op de manege verscheen die de mensen nog niet kenden, dan kregen ze toch al snel een vragenvuur over zich heen. Snel waste ze zich. Ze moesten wel op tijd bij haar oom en tante zijn.

"Laten we maar gaan," zei ze, toen ze weer terug de woonkamer in kwam. "We kunnen de honden wel meenemen. Mijn oom en tante hebben ook een paar honden."

"Prima!" zei Felix.

Ze liepen naar het huis van Ton en Debby. Debby was direct enthousiast "Hallo Felix, wat leuk om je te ontmoeten!" riep ze uit. Ze gaf Felix drie zoenen en er bleef wat van haar lippenstift op zijn wang zitten. Katja grinnikte toen ze het zag.

De honden konden loslopen in een stukje tuin dat was afgezet. De twee honden van Debby en Ton waren al buiten. Jara leek ook met deze honden geen enkel probleem te hebben.

"Ik heb andijviestamppot gemaakt, ik hoop dat je dat lust," zei

Debby.

"Lekker," antwoordde Felix.

Ook Ton stelde zichzelf voor. Hij was een stuk minder uitbundig dan Katja's tante. Juist daarom paste het tweetal zo goed bij elkaar, vond Katja.

De tafel was al gedekt en ze gingen zitten. Debby schepte de borden vol. Tijdens het eten stelde Debby enorm veel vragen aan Felix en ze wilde duidelijk precies weten wat hij voor iemand was. Hij gaf netjes antwoord op alle vragen die hij voorgeschoteld kreeg. Op haar beurt vertelde ze over de manege en hoe ze deze jaren geleden was gestart met Ton. Ton zelf zei niet zo veel en al helemaal niet tijdens het avondeten.

Na het eten bood Felix aan om te helpen met de afwas. Hij en Ton stonden in de keuken, terwijl Katja en Debby in de woonkamer zaten uit te buiken.

"Wat een aardige knul," vond Debby.

Katja lachte. "Ik vind hem fantastisch," zei ze.

"Jullie passen goed bij elkaar," vond Debby.

Dat vond Katja leuk om te horen. Ze had ook echt het gevoel dat Felix en zij elkaar aanvulden. Hij was een stuk rustiger dan zij en dat had ze juist nodig. Iemand die haar een beetje kon afremmen. Ze waren natuurlijk pas net samen en moesten elkaar nog goed leren kennen, maar het voelde wel goed. Beter dan het had gevoeld bij haar ex-vriendjes. Ze vond het ook fijn dat Debby Felix wel aardig vond. Ze vond de mening van haar tante erg belangrijk. Hoe Ton erover dacht wist ze niet, want daarin kon ze hem nooit zo goed peilen. Ze ging er maar vanuit dat het positief was als ze verder niks hoorde.

Toen de afwas klaar was, besloot Felix naar huis te gaan. Ze liepen naar buiten en Felix lijnde Jara aan. "Ik loop met je mee," zei Katja. "Ik moet toch dezelfde kant op." Haar huis zat net aan de andere kant van het gebouw.

Taz liep vrolijk achter hen aan en bleef verder netjes in de buurt.

"Moet je nog werk doen op de manege?" vroeg Felix.

Katja schudde haar hoofd. "Morgen weer. Ton geeft de paarden zo nog wat te eten. Misschien dat ik nog wel even bij Pepper ga kijken."

"Je bent dol op dat paard, of niet?" vroeg Felix.

Katja knikte enthousiast. "Ik houd van alle paarden hier, maar Pepper is toch wel de liefste. Als je hem beter kent, weet ik zeker dat je hem ook leuk vindt."

"Ik ben niet zo dol op paarden," zei Felix en hij knipoogde. "Dat weet je toch?"

"Als je eens op een paard hebt gezeten, begrijp je waarom ze zo leuk zijn," zei Katja.

"Dan val ik er vast af."

"Natuurlijk niet," lachte Katja. "Ga je een keer mee een stuk rijden? We hebben hier wel wat rustige en lieve paarden.

"Ik beloof niks," zei Felix. "Ik vind het namelijk best een eng idee."

"Dat kan ik wel begrijpen," zei Katja. "Ze zijn groot en als je er geen ervaring mee hebt kan dat best beangstigend zijn, maar ik zal je nooit zomaar in gevaar brengen."

"Daar twijfel ik niet aan," lachte hij.

Ondertussen waren ze bij de ingang van de manege aangekomen. Hij sloeg zijn armen om haar heen en gaf haar een zoen. "Tot de volgende keer," zei hij.

"Ik kan niet wachten," glimlachte ze.

Ze zwaaide hem nog uit en liep daarna naar de stal van Pepper. Taz liep weer achter haan aan. Het was fijn dat hij haar goed in de gaten hield, terwijl hij nog zo jong was. Ze aaide Pepper en fluisterde: "Morgen gaan we weer rijden samen." Het paard brieste, alsof hij precies begreep wat ze hem zojuist beloofde.

Daarna ging ze de stal weer uit om naar huis te lopen. Bij het verlaten van de stal liep ze bijna tegen Bernard aan. "Hey!" begroette ze hem.

"O, hoi." Hij leek er niet bij te zijn met zijn gedachten.

"Ik wist niet dat je hier nog was," zei ze. "Liep de paardrijles uit?" Ze kwam hem wel eens vaker na het eten tegen.

Bernard glimlachte. "Nee. Ik heb nog wat gedronken in de kantine. Marianne stond er alleen en ik heb haar wat gezelschap gehouden." De kantine was elke dag geopend tot zes uur. Meestal stond Marianne achter de bar en Katja nam haar werkzaamheden over wanneer ze vrij was. Soms stonden Debby of Ton in de kantine.

"Nu ga je dus naar huis?" vroeg ze.

"Inderdaad," zei Bernard. " Ik heb een lange dag gehad. Morgen moet ik er op tijd uit voor een les. Dan kan ik nog even ontspannen thuis."

"Veel plezier!" zei Katja. Ze nam afscheid van hem en liep naar huis. Ze vond het toch wel fijn dat ze in ieder geval weer met hem had gepraat. Ze had er een naar gevoel aan over gehouden dat hij zo weinig tegen haar had gezegd de laatste weken. Al leek ook dit gesprek niet helemaal van harte te gaan. Nam hij het haar kwalijk omdat ze nu een vriend had? Ze wist dat ze duidelijk was geweest tegen hem in het restaurant, maar ze kon zich wel voorstellen dat het moeilijk voor hem was om haar samen met iemand anders te zien. Ze hoopte vooral dat hij zich er overheen kon zetten.

HOOFDSTUK 10

Ze gingen naar het strand. Het was even rijden, omdat ze zelf op de Veluwe zaten, maar met dit prachtige weer moesten ze er wel uit. Katja reed en Felix wees de weg. Hij wist dat er in IJmuiden een plek was waar de honden ook met dit weer los mochten lopen. Het was een rustiger stuk strand en je kon er via de duinen komen. Katja was benieuwd hoe Taz zou reageren op de zee. Taz en Jara zaten samen achterin de auto en ze kon het tweetal zien zitten vanuit haar binnenspiegel. Gelukkig had Katja airco in de auto, want buiten begon de temperatuur al aardig op te lopen.

Het was druk op de weg richting het strand. Er waren duidelijk meer mensen die behoefte hadden aan een dagje zee. Katja was blij dat ze gemakkelijk vrij kon krijgen als ze wilde. Ton en Debby namen haar werkzaamheden dan met veel plezier over.

Op de parkeerplaats wisten ze een plekje te vinden. Daarna liepen ze via de duinen naar het strand dat Felix bedoelde.

Het was er een stuk minder druk dan op het gewone strand en Katja deed de riem van Taz los. Hij rende meteen het strand over om zijn energie kwijt te raken. Jara kwam er direct achteraan toen Felix haar riem losdeed.

Katja liep richting de zee en ging met haar sandalen het water in. Het zeewater was nog niet echt opgewarmd, maar heel koud was het ook niet.

"Wat een heerlijk weer," zei Felix. Hij liep naast haar, net op het strand. Alleen zijn schoenzolen werden een beetje nat. Hij had zijn handen in zijn zak en tijdens het praten keek hij vooral voor zich uit. Katja vond het wel schattig dat hij zo verlegen was en ze pakte zijn arm vast en ging dicht tegen hem aan lopen. Hij begreep de hint en sloeg zijn arm om haar heen. Ze kon zijn aftershave ruiken en deed haar ogen voor een klein moment dicht, om echt te genieten.

Ze opende haar ogen weer toen ze een plons vlakbij hoorde. Jara was het water ingegaan en Taz stond op een afstandje te kijken. Het leek net alsof hij moed aan het verzamelen was om achter Jara aan te gaan.

"Toe maar," zei Katja tegen haar hond.

Taz kwispelde alleen maar en rende vervolgens de andere kant op. Katja lachte. Ze zou Taz zeker niet dwingen om het water in te gaan, maar zijn nieuwsgierigheid zou het uiteindelijk vast winnen van zijn angst.

"Zullen we op het strand gaan liggen," stelde Felix na een tijdje voor.

Ze knikte. "Dat lijkt me een prima plan," zei ze. Haar voeten begonnen toch wat koud te worden van het zeewater. Hier op het strand hadden ze bijna alle ruimte. Ze deden de honden weer aan de lijn, zodat ze niet constant andere mensen lastig zouden vallen. Felix had een pin meegenomen die in het zand kon worden gestoken waar de riemen aan vast gemaakt konden worden. Jara ging al meteen liggen en Taz volgde braaf haar voorbeeld. Ze wist dat het niet lang zou duren tot Taz in slaap viel.

Katja legde de handdoek neer en trok haar jurkje uit. Het was een echt zomers jurkje, dat tot boven haar knieën kwam en wit met geel van kleur was. Ze had haar bikini onder haar kleding aangedaan. Een mooie knalrode bikini, die ze een paar dagen terug had gekocht. Misschien kon ze in de zon nog een mooi kleurtje kweken. Ook Felix had zijn zwembroek onder zijn gewone kleding aan en hij trok zijn shirt, schoenen en broek uit. Het was de eerste keer dat Katja wat meer van zijn lichaam kon zien en het beviel haar wel wat ze zag. Hij was niet heel erg gespierd, maar dat vond ze niet erg. Daar hield ze toch niet zo van. Hij had wat borsthaar, maar niet overdreven veel.

Ze ging liggen en zette haar zonnebril op. Felix kwam naast haar liggen en ze raakten in gesprek. Het ging over koetjes en kalfjes en Katja vond juist deze simpele gesprekken erg leuk. Luchtig, geen diepgang, maar elkaar toch wat beter leren kennen.

Na een tijdje kroop ze wat dichter tegen hem aan. "Wil je je armen om me heenslaan?" vroeg ze. Ze had al gemerkt dat zij vooral het initiatief moest nemen. Ze keek naar hem en wist dat zijn hoofd rood was geworden. Daar hoefde ze haar zonnebril echt niet voor af te zetten.

Hij sloeg inderdaad zijn arm om haar heen en trok haar dichter tegen zich aan. Ze legde haar hand op zijn borstkast en ging op haar zij liggen, met haar hoofd op zijn schouder.

"Mag ik een zoen?" Hij zoende haar. Ze ging bovenop hem liggen en giechelde toen ze merkte hoe nerveus hij werd.

"Niet hier," fluisterde hij, toen ze haar borsten tegen hem aandrukte.

"Ik doe niks wat niet mag," zei ze en ze gaf hem opnieuw een kus. Hij wist duidelijk niet wat hij met de hele situatie aan moest, maar zoende haar wel terug. Verder zou ze hier ook zeker niet gaan. Ze waren immers niet alleen op het strand. Ze verlangde wel naar hem en ze voelde dat hij die verlangens deelde.

Na die zoen rolde ze weer van hem af en deed ze haar ogen dicht.

De zon brandde al behoorlijk op haar lichaam. Die bruine kleur zou ze vandaag wel krijgen.

Ze bleven een paar uur op het strand. Nadat ze een tijdje in de zon hadden gelegen, liepen ze weer met de honden langs de zee. Dit keer ging Taz wel het water in. Ver ging hij niet en het was duidelijk dat hij de bodem wilde blijven voelen, maar hij kon tenminste ook afkoelen. Na de lange strandwandeling gingen ze terug naar de auto. Op de terugweg aten ze nog een ijsje ergens en lieten ze de honden wat water drinken.

"Wil je wat drinken?" vroeg Felix, toen ze bij hem thuis waren. "Ik heb vruchtensap koud staan."

"Heerlijk!"

Hij kwam naast haar op de bank zitten en zette het drinken op tafel. Jara en Taz lagen op de grond bij te komen. Katja nam een slokje. Ze keek om zich heen. De vorige keer was ze eigenlijk alleen in de tuin geweest. Zijn huis was best modern ingericht en het zag er ook netjes uit. Hij was geen sloddervos. Ondanks dat hij thuis een hond had rondlopen, zag ze niet overal haren liggen. Ze dacht terug aan de middag op het strand en de verlangens die ze had gehad. Ze was er tijdens de tweede strandwandeling niet helemaal bij geweest met haar gedachten en kon alleen maar aan zijn lichaam denken.

"Wil je het hier wel?" vroeg ze zacht. Ze keek in zijn groene ogen.

"Wat?" Het klonk wat oenig.

Ze gaf geen antwoord. In plaats daarvan zoende ze hem weer. Ze pakte zijn hand en legde die op haar borst.

'Dit,' fluisterde ze.

Zijn hoofd was knalrood geworden. Dat kwam niet door de zon, wist ze. Hij knikte voorzichtig, kon duidelijk geen woord uitbrengen.

"Ik wil het ook," zei ze. En na die woorden trok ze haar jurkje uit. In haar bikini ging ze op hem zitten en zoende hem. Hij verkende haar lichaam met zijn handen en maakte de knoop van haar bikini los die in haar nek zat. Hij deed zijn eigen shirt uit en trok haar naar zich toe, zoende haar hals. Ze kon zijn ademhaling in haar oor horen, waardoor ze het alleen maar warmer kreeg.

"Zullen we naar boven gaan?" stelde ze voor.

Hij knikte. Tilde haar op en bracht haar naar de slaapkamer. Ze had niet verwacht dat hij zo sterk was en het was een aangename verrassing. Hij legde haar op het bed en kroop bovenop haar, zoende haar en probeerde haar bikinibroekje ondertussen naar beneden te trekken.

Ze maakte zijn riem los en trok zijn broek naar beneden. Hij zoende haar opnieuw in haar hals en ging langzaam richting haar borsten. Ze slaakte een zucht toen hij haar tepel in zijn mond nam. Hier had ze de hele middag al op gewacht en ze kon aan alles merken dat ook hij blij was dat ze zich eindelijk aan elkaar konden overgeven. Van zijn rustige persoonlijkheid was opeens een stuk minder meer te zien. Dit keer liet hij zich gaan en daar was ze maar wat blij mee.

HOOFDSTUK 11

"Heb je zin om te gaan paardrijden?" vroeg Marjolein.

Katja knikte meteen. Ze had er erg veel zin in om weer eens samen met haar beste vriendin te gaan rijden. Ze zagen elkaar de laatste tijd niet zo heel vaak. Katja merkte dat ze erg druk was nu ze iets met Felix had. Daarnaast moest ze ook veel op de manege doen en natuurlijk had ze Taz nog. Ze stuurden elkaar wel regelmatig sms'jes en Katja hield haar vriendin op de hoogte over haar relatie en haar leven.

De twee vriendinnen maakten de paarden klaar en niet veel later reden ze door het bos.

"Hoe gaat het met Felix en jou?" vroeg Marjolein.

"Heel erg goed!" antwoordde Katja. "Hij heeft laatst Debby en Ton ontmoet."

"Dus het is best serieus tussen jullie," begreep haar vriendin.

"Inderdaad," zei Katja. "Jullie moeten elkaar ook maar snel leren kennen. Ik weet zeker dat jullie het goed kunnen vinden." Marjolein had hem wel een paar keer gezien, maar nooit gesproken.

"Leuk," zei ze. "Ik ben wel heel erg nieuwsgierig naar hem," zei ze. "Hij ziet er in ieder geval erg leuk uit. Hij oogt als een lieve jongen."

"Dat is hij ook." Katja vertelde over hem. Dat hij best rustig was, maar dat hij tijdens de puppycursus juist een hele andere kant van zichzelf liet zien. Marjolein luisterde aandachtig en stelde soms wat vragen. Het was fijn om te weten dat haar vriendin zo geïnteresseerd was.

"Je weet wel dat hij nogal een flirt schijnt te zijn?" vroeg Marjolein na een tijdje.

"Een flirt?" herhaalde Katja. "Hoe bedoel je?"

"Dat heb ik gehoord," zei ze. "Hij schijnt geregeld vrouwen te versieren."

Daar kon Katja zich niks bij voorstellen. Ze vond Felix geen type om zomaar met iedereen te flirten. "Van wie heb je dat?" vroeg ze.

Marjolein haalde haar schouders op. "Dat weet ik niet meer," zei ze. "Het was in de kantine. Schijnbaar heeft hij een behoorlijke reputatie."

"Wat vreemd," zei Katja. "Weet je zeker dat het over hem ging?"

Marjolein glimlachte. "Ja," zei ze. "Of je moet stiekem nog een vriend hebben."

"Eén vriend is voldoende," lachte Katja. "Maar het zullen vast praatjes zijn. Ik zie hem niet als iemand die telkens achter de vrouwen aanloopt."

"Je zult vast gelijk hebben," zei Marjolein. "Er wordt veel geroddeld op de manege. Je weet wel hoe dat gaat."

"Inderdaad," zei Katja. "Ik maak me geen zorgen. Ik weet dat ik hem kan vertrouwen."

De vriendinnen zwegen een tijdje. Katja genoot van de omgeving. Ze vond het bos zo ontspannend om door te rijden. En zeker vandaag: het was prachtig weer. De zon scheen en er stond een klein briesje. De ideale omstandigheden voor een buitenrit.

"En wanneer vind jij een leuke vriend?" vroeg Katja na een tijdje.

Marjolein haalde haar schouders op. "Ik ben niet bezig met vriendjes," zei ze. "Kost me veel teveel tijd. Dan houd ik geen tijd meer over om te gaan paardrijden."

"Waar ben je dan zo druk mee?"

"Werk."

Katja grijnsde. "Dan heb je toch ook nog wel tijd voor een vriend?" vroeg ze.

"Misschien wel," zei haar vriendin. "Maar ik ben nog niemand tegen gekomen. Ik zoek ook niet zo hard trouwens. Wie weet loop ik nog wel een keer tegen de ware aan, maar voorlopig zit dat er niet in."

Ze gingen terug richting de manege. Katja liet het onderwerp rusten. Ze begreep Marjolein wel. Een vriend was niet een vereiste voor een leuk leven en als Marjolein gelukkig was, dan was dat het belangrijkste.

"We moeten dit echt vaker doen," zei Katja toen ze bijna bij de stallen waren. "We zien elkaar veel te weinig."

"Daar ben ik het mee eens," zei haar vriendin. "Heb je vanavond puppycursus?"

Katja knikte. "Nog een paar lessen en dan hebben we examen. Zo'n examen schijnt niet zoveel voor te stellen. Iedereen krijgt gewoon een certificaat. Ook als de honden hun dag niet hebben en niet goed luisteren."

"Lekker makkelijk," spotte Marjolein.

"Hierna worden de cursussen wel moeilijker," zei Katja. "Dan moet je wel een echt examen afleggen."

"Wat voor een cursussen zijn er hierna dan?"

"Je hebt de jonge hondencursus en daarna kun je je gaan specialiseren in bijvoorbeeld gehoorzaamheid of behendigheid."

"Net zoals je je kunt specialiseren in de paardensport?"

"Precies." Katja stapte van Pepper af en liep met hem mee de stal in. Omdat Otto's stal ergens anders was, ging Marjolein een andere kant op. Katja zadelde Pepper af en borstelde hem daarna eens goed. Pepper vond het heerlijk om geborsteld te worden en dat kon je altijd heel goed merken aan hem. Vooral na een rit leek hij extra te genieten van het borstelen.

Daarna liep ze naar de stal van Otto. Marjolein was nog bezig om hem te borstelen. "Dat was een fijn rit," zei ze tegen het paard.

Op dat moment kwam Sabine aanlopen. "Katja, heb je even? Ik kan Debby en Ton nergens vinden en ik heb een leerling die zich wil afmelden hier."

"Natuurlijk," zei Katja meteen. Ze nam afscheid van Marjolein. Ze vond het toch wel jammer dat ze vandaag niet wat meer met haar vriendin kon rondhangen. De buitenrit was niet voldoende geweest om echt lekker bij te praten. Jammer, vond ze. Hopelijk had ze snel weer iets meer tijd.

Katja liep met Taz naar het veld van de hondencursus. Taz was door het dolle heen en probeerde te trekken aan de riem. Ze vond het enthousiasme van de hond wel leuk, maar ze merkte dat het dier al een stuk sterker was geworden. Hij was ondertussen ook al een flink stuk gegroeid.

Felix stond net naast het veld te praten met een blonde jonge meid. Hij zei iets dat kennelijk erg grappig was, want ze moest erom lachen. Ze was mooi, zag Katja. Wie was ze? Ze kende deze dame niet, terwijl er elke week altijd dezelfde mensen kwamen voor de cursus.

Even dacht ze aan de woorden van Marjolein. Ze had gehoord dat hij een flirt was, en nu stond hij met een vrouw te praten. En laatst had ze hem ook al op de manege met een paar vrouwen zien praten. Klopte het verhaal dan toch wel? Meteen verwierp ze die gedachte weer. Felix stond alleen maar te praten! Er was niets waar ze zich zorgen om moest maken. Het zou wat moois zijn als hij over haar twijfelde, iedere keer wanneer hij haar met een man zag praten.

Hij keek haar richting op en een glimlach verscheen op zijn gezicht. Hij zwaaide naar haar. Ze zwaaide terug. Zie je wel? Er was niks aan de hand! Langzaam kwamen er wat meer mensen aanlopen voor de cursus. Het was leuk om te zien hoe ook de andere puppy's al flink waren gegroeid.

Felix en de vrouw kwamen richting de groep lopen. "Tot de volgende keer," hoorde hij hem zeggen.

Ze liep door, langs Katja. "Wat een mooie border collie," zei ze.

"Het is een Australian Shepherd," antwoordde Katja met een glimlach.

"O? Echt waar? Daar heb ik nog nooit van gehoord," zei de vrouw. "Hij heeft wel hele leuke kleuren zeg. En die ogen zijn ook al zo mooi!"

Na die woorden liep ze door. Het was niet de eerste keer dat Taz werd aangezien voor een border collie. Er waren ook mensen die dachten dat Taz een kruising was. Het was nog amper voorgekomen dat iemand meteen wist dat het hier om een Australian Shepherd ging.

"Laten we maar beginnen met de les," zei Felix.

Ze liepen het veld op en begonnen met de nieuwe les. Het was weer een leuke les, waarbij Katja wat nieuwe dingen leerde. Aan het einde deden ze nog een spel, waarbij ze zich moesten verstoppen en de hond vervolgens moesten roepen. Taz deed het heel goed en Katja genoot ervan om te zien hoe blij haar hond was wanneer hij iets goed deed.

Na de les ging ze weer iets drinken met Felix.

"Het ging weer goed vandaag," zei hij.

Ze knikte. "Ik blijf me erover verbazen hoe snel Taz dingen oppakt."

"Het is een slimme hond," zei ze. "Maar het verbaast mij ook regelmatig."

"Een slimme hond en een baasje dat weet hoe ze met honden om moet gaan," zei hij. "Dat scheelt een heleboel."

Ze wist dat hij gelijk had. Taz wilde echt moeite voor haar doen en ze had al een geweldige band met het dier opgebouwd. Ze begreep heel goed hoe speciaal dit was.

"Ging het vandaag goed op de manege?"

"Ik heb een stuk gereden met Marjolein," antwoordde ze. "Je moet haar ook snel eens ontmoeten."

"Ik ben heel benieuwd," zei hij. "Ik wil je trouwens binnenkort voorstellen aan mijn ouders en broers. Zou je dat leuk vinden?"

"Natuurlijk!" Ze zag het als een goed teken dat ze haar schoonfamilie binnenkort voor de eerste keer zou zien. Dat betekende toch dat hij de relatie net zo serieus nam als zij deed. Dat was fijn om te weten en was ook meteen een teken dat ze zich nergens zorgen over hoefde te maken. Want ook al wilde ze het niet, het knaagde wel aan haar dat Marjolein haar had gewaarschuwd voor zijn flirtgedrag.

HOOFDSTUK 12

Felix leek niet heel veel op zijn familie, zag Katja meteen toen ze er op visite kwamen. Het was er gezellig druk. Zijn moeder was een echte kletsmajoor en praatte telkens met wilde gebaren. Zijn vader was ook graag aan het woord, maar kreeg daar duidelijk niet de kans voor. Felix' broer Mark kreeg constant berichtjes op zijn telefoon, die hij blijkbaar direct moest beantwoorden. Zijn andere broer, Jochem, was er met zijn vrouw Monica en hun driejarige zoontje Jay. Op de achtergrond stond de tv aan op een praatprogramma. Niemand keek ernaar.

Het was druk, maar heel erg gezellig en Katja voelde zich direct thuis in deze familie. Het was zo anders dan waar zij opgegroeid was toen ze nog bij haar ouders woonde. Dit voelde aan als een warm en veilig gezin.

Katja moest vooral lachen om alle anekdotes die Felix' moeder vertelde. Ze wist het zo levendig te vertellen, dat Katja bijna het idee had alsof ze er zelf bij was geweest. Mark en Jochem hielpen af en toe om het verhaal goed te vertellen. Felix zat er vooral heel rustig bij en zei niet zo veel. Af en toe glimlachte hij naar haar.

"Ik heb trouwens nog taart gemaakt!" riep zijn moeder opeens uit. "Dat was ik al bijna vergeten!"

"Chaoot," vond Mark en op dat moment ging zijn telefoon weer.

"Met wie ben je toch zo bezig?" vroeg Jochem hoofdschuddend.

Mark typte een berichtje en grinnikte daarna. "Dat gaat jou niks aan."

"Een vrouw dus," concludeerde Jochem. "Op de versiertoer, jongen?"

"Dat zit dan vast in de familie," grapte Monica.

Die opmerking kwam bij Katja even aan. Wat moest ze hier nou weer mee? Doelde Monica op Felix of dat niet? Hè verdorie! Normaal gesproken maakte ze zich nooit druk om dit soort dingen. Ze moest het er maar eens met Felix over hebben. Dan wist ze tenminste meteen hoe de vork in de steel stak. Dit soort onzekerheden paste niet bij haar en ze wist dat ze zich waarschijnlijk druk maakte om niks. Het was beter om dan te weten of het verhaal klopte wat ze had gehoord.

Felix' moeder kwam terug met bordjes appeltaart. Katja kreeg er ook één en ze slikte even toen ze zag hoe groot het stuk was. Moest ze dat allemaal opeten?

"Slagroom erbij?"

Katja schudde haar hoofd. "Nee, bedankt," zei ze. Ze zou al moeite hebben om het stuk op te krijgen zonder slagroom. Toen ze zag hoeveel slagroom Jochem kreeg, wist ze dat ze een goede beslissing had genomen. Het stuk taart was bijna niet meer te zien door de hoeveelheid slagroom.

De avond was ontzettend gezellig en de tijd vloog voorbij. Katja kreeg ook genoeg kansen om over zichzelf te vertellen, ondanks dat Felix' moeder zo praatgraag was. Het leek voor de hele familie geen verrassing te zijn dat ze elkaar hadden ontmoet tijdens de puppycursus. Ze vonden het ook allemaal erg leuk dat ze op een manege werkte.

"Dat wordt paardrijden," zei Mark en hij stootte Felix aan na die woorden.

"Dat weet ik nog zo net niet," antwoordde Felix.

"Ach, tuurlijk wel joh!" riep Jochem nu. "Zoiets doe je toch voor je vriendin?"

"Heel romantisch ook, samen op een paard door het bos," vond Felix' moeder.

Katja lachte toen ze zag hoe iedereen Felix probeerde over te halen. "Het hoeft niet, als je het niet wilt," zei ze lachend.

"Jullie zijn niet zo'n stel dat alles samen moet doen?" grapte Mark.

"Welnee!" zei Katja. "We hebben ook nog ieder ons eigen leven. Paardrijden doe ik toch wel, ook als Felix niet van paarden houdt."

"Daar kunnen jullie nog wel wat van leren," zei Mark tegen Jochem en Monica.

Jochem stak zijn middelvinger op naar zijn broer en Monica stootte hem kwaad aan. "Dat kan niet in het bijzijn van Jay!"

"Waarom kunnen wij daar iets van leren?" vroeg Monica quasi beledigd.

"Omdat jullie altijd aan elkaar geplakt zijn en nooit iets zonder elkaar doen," lachte Mark.

"Dat heet echte liefde!" bracht Monica er tegenin.

"Welnee, dat is plakken!"

Toen Felix' moeder opstond om wijn te pakken, wist Katja dat het een lange, maar zeer gezellige avond zou worden. Ze bleek gelijk te hebben, want pas om één uur 's nachts verlieten ze het huis van Felix' ouders.

Felix gaf haar een lift terug naar de manege. "Je familie is leuk," zei Katja. "Gezellig."

"Ze zijn wel erg aanwezig," schokschouderde Felix.

"Ze lijken niet op jou."

"Dat hoor ik wel vaker."

Katja aarzelde heel even, maar besloot het onderwerp toch naar boven te brengen. "Wat bedoelde Monica toen ze zei dat het versieren in de familie zit?"

"Jochem is getrouwd, maar heeft er geen problemen mee om andere vrouwen te versieren," zei Felix.

"En jij?"

Hij keek verbaasd op. "Ik lijk niet op mijn broers," zei hij. "Ik vind het niet gemakkelijk om op iemand af te stappen. Heb je dat niet gemerkt? Ik vond je al meteen leuk, maar ik durfde geen stap te nemen."

Ze wist nog hoe verlegen hij in de auto was toen ze hem had gezoend. Hij was rood geworden en kwam niet uit zijn woorden. "Waarom vraag je dit?"

"Ik hoorde van iemand op de manege dat je een behoorlijke flirt bent," zei ze. "Ik vond het al een onwaarschijnlijk verhaal, maar toen Monica vandaag die opmerking maakte twijfelde ik even."

"Je hoeft je nergens zorgen om te maken," zei hij. "Er is geen haar op mijn hoofd die erover denkt om andere vrouwen te versieren, terwijl ik jou heb."

"Gelukkig maar!" Ze glunderde bij het horen van deze woorden. Zie je wel, ze had zich druk lopen maken om niks.

"Ik had niet verwacht dat er zoiets over me gezegd werd op de manege," zei hij.

"Er wordt veel gepraat," verklaarde Katja. "Mensen kennen je niet en zien je opeens regelmatig. Ze vullen vast het één en ander in, zonder te vragen hoe het zit."

"Ik ben blij dat jij het wel aan me gevraagd hebt," zei hij. "Ik zou niet willen dat je je onnodig zorgen maakt."

"Daar hoef je je geen zorgen over te maken," zei Katja.

Felix reed de auto het terrein van de manege op. Ze gaf hem een afscheidszoen en liep naar huis. Taz kwam haar kwispelend tegemoet toen ze de deur opendeed van haar huis. Op de vloer lag een plasje. Blijkbaar had hij toch iets te lang alleen gezeten. Dat kon gebeuren. Hij was nog zo jong. En dus maakte ze de vloer eerst schoon. Daarna maakte ze nog een kleine ronde buiten met de hond.

De manege was donker en stil. Katja genoot ervan om rond dit tijdstip over het terrein te lopen. Er was geen bedrijvigheid en het was er heel vreedzaam. Anders dan overdag, wanneer er overal mensen liepen. Ze genoot van de rust en dacht nog even aan het gesprek met Felix. Ze was blij dat ze het toch ter sprake had gebracht Nu wist ze tenminste hoe het zat. Ze was ook blij dat hij niet boos was geworden toen ze erover begon. Sommige mannen zouden zich direct aangevallen voelen, wist ze. Het was fijn dat Felix begreep hoe ze het werkelijk had bedoeld.

Misschien moest ze Marjolein laten weten dat het verhaal over hem niet klopte. Ze haalde haar mobiel tevoorschijn. Ze stuurde haar vriendin een berichtje:

Ik heb met Felix gepraat. Hij is geen flirt, zoals ik had verwacht. Wel bedankt dat je het me zei. Zoiets is toch altijd fijn om te weten. Kus Katja.

Ze kreeg geen antwoord, maar dat verwachtte ze ook niet. Het was immers ondertussen al half twee 's nachts. Marjolein lag al vast te slapen en voor haar was het ook tijd om haar bed op te zoeken.

"Kom," zei ze tegen Taz. "Laten we naar huis gaan."

Taz keek haar blij aan en daar moest ze wel even om lachen. Onderweg naar huis vroeg ze zich af wie het verhaal over Felix de wereld in had gebracht. En waarom? Ze wist dat er vaker werd gepraat op de manege, maar het was toch wel eigenaardig dat er over Felix werd geroddeld. De mensen hier kenden hem niet eens. Misschien dachten ze dat hij veel met meiden flirtte, omdat ze hem met vrouwen hadden zien praten.

Het maakte trouwens ook niet uit wat anderen vonden. Het was vooral belangrijk wat zij wist. En zij wist dat Felix te vertrouwen was. De rest maakte niet uit en daar moest ze zich dus ook geen zorgen om maken.

HOOFDSTUK 13

Het was voor Katja een enorme verrassing toen Felix ongeveer twee weken later vroeg of ze toch eens samen konden gaan paardrijden. Ze had niet verwacht dat hij het wilde en al helemaal niet dat hij er zelf mee zou komen. Ze vond het wel leuk en ze wist al precies welk paard voor hem geschikt was. Lucy, een paard dat eigenlijk al heel erg oud was, maar dat nog te graag meedeed aan buitenritten. Lucy was een ontzettend lief paard, dat vooral graag achter andere paarden aanliep. Het paard was ideaal voor mensen die een beetje bang of onzeker waren.

Katja liet hem kennismaken met het dier en heel langzaam en aarzelend aaide hij haar. Ze haalde Lucy uit de stal en maakte haar klaar voor de rit. Daarna liep ze met Lucy en Felix naar de binnenbak. Daarna maakte ze Pepper klaar en kwam ze weer terug naar de binnenbak.

"Wil je een opstapje gebruik om op het paard te komen?" vroeg ze.

Felix keek haar vragend aan. "Ik denk het?" zei hij aarzelend.

"Het is wel makkelijker met een opstapje," zei ze. Ze pakte een opstapje en zette het naast Lucy. "Kom er maar op," zei ze.

Hij ging op het opstapje staan.

"Met dit been ga je alvast in de stijgbeugel staan. Dan zwaai je je andere been over het paard heen, terwijl je je goed vasthoudt aan het zadel. Dan kun je je andere been in de stijgbeugel doen. Let er op dat je voorzichtig gaat zitten in het zadel en niet neerploft."

"Wat als ik val?"

"Welnee! Dit kun je wel. Ik houd je wel vast." Ze had dit al vaker gedaan bij mensen en ze wist precies hoe ze hen moest begeleiden om op een paard te komen.

Ze zag de angst in zijn ogen, maar toch deed hij wat ze van hem vroeg. Een beetje wankel zat hij daarna op het paard, terwijl hij de voorkant van het zadel stevig vasthield. Bang om te vallen.

"Ontspan," zei ze. "Hier, pak de teugels."

Hij pakte de teugels van haar aan en ging al iets rechterop zitten. Dat was al een hele verbetering. "Ik zal Lucy een stukje begeleiden, zodat je merkt hoe het voelt om op een paard te zitten."

Ze liep met het paard door de bak en ze kon aan Felix zien dat hij zich steeds iets meer begon te ontspannen, al voelde hij zich duidelijk nog niet volledig op zijn gemak.

Ze legde hem uit hoe hij bochten kon maken met Lucy. Al wist ze dat hij die vaardigheid waarschijnlijk niet eens echt nodig zou hebben. Lucy zou toch achter Pepper aanlopen. Toch was het wel beter als hij begreep hoe het moest. Je wist maar nooit. Lucy was toch een paard en er kon altijd iets gebeuren waardoor ze in paniek raakte.

"Wauw, het lukt me gewoon," zei Felix tot zijn eigen verbazing toen hij Lucy rechtsaf liet gaan.

"Lucy is een geweldig paard," zei Katja. "Zullen we eens kijken of je ook een stukje kunt draven?"

"Ik weet het niet," zei hij. "Ik vind dit al snel genoeg."

Ze glimlachte. "Het is vooral handig om te weten hoe het voelt. Als we straks naar buiten gaan, is het handig om voorbereid te zijn en te weten wat je moet doen."

Hij stemde in, maar ze merkte dat het niet van harte ging. Ze legde hem uit hoe hij in draf kon gaan en hij volgde haar aanwijzingen goed op. Niet veel later ging hij inderdaad een stukje in draf. "Goed zo!" riep ze.

"Ik geloof niet dat ik dit heel leuk vind," zei hij. Op dat moment ging Lucy alweer zachter lopen.

Ze zag de paniek in zijn ogen. "Er gebeurt niks," zei ze kalmerend.

"Maar dat hobbelen!" bracht hij uit. "Wat als ik val?"

"Ik begrijp je angst," zei ze. "Maar dat hobbelen hoort. Het is even wennen, maar je valt echt niet zomaar."

"Ik vind het doodeng."

"Geeft niets," zei Katja. "We gaan straks niet in draf. Dat lijkt me sowieso niet verstandig tijdens een buitenrit met een beginner."

Katja keek even op. Buiten de bak zag ze Bernard staan. Hij keek naar het tweetal. Ze wist niet goed wat hij dacht, maar hij leek niet heel blij te kijken. Ze begreep niet zo goed waarom hij bleef kijken als hij het niet leuk vond, maar dat was niet haar probleem. Ze richtte zich weer op Felix. "Ben je er klaar voor om naar buiten te gaan?" vroeg ze.

"Ik denk het."

"Ik blijf bij je." Ze liep naar Pepper en zette haar voet in de stijgbeugel en ging op het paard zitten.

"En dat zonder opstapje," zei Felix. "Dat was me nooit gelukt."

"Ik doe dit al jaren," glimlachte ze. Ze liet Pepper richting Lucy lopen en Lucy ging gedwee achter hem aan.

"Dat is handig, ik hoef niks te doen," lachte Felix.

"Inderdaad," zei Katja. "Dat is het voordeel met Lucy. Ze loopt zonder problemen achter een ander paard aan. Jij hoeft erg weinig te doen."

Ze liet Pepper naar buiten lopen en ze gingen richting het bos. Ze wilde hem een mooie route laten zien, die niet te lang zou duren. Het was voor hem allemaal al zo nieuw, ze kon niet verwachten dat hij meteen een lange buitenrit wilde maken.

"Waarom houd je eigenlijk niet van paarden? " vroeg ze hem onderweg. Het was wat lastig praten , omdat ze achter elkaar aan-liepen maar het was ondanks dat toch goed mogelijk een gesprek te voeren.

"Ik weet het niet," zei hij. "Ik ben dol op alle dieren, maar paar-den heb ik nooit leuk gevonden. Ik zou nog eerder op de rug van een olifant stappen dan op de rug van een paard."

"En toch zit je nu op een paard," zei ze. "Dat vind ik wel heel dapper van je."

"Ik moest wel."

"Hoezo?"

"Jij bent dol op paarden," zei hij. "Het is toch best duf als ik niet eens probeer om eens te paardrijden."

"Ik had het niet erg gevonden als je het niet wilt," zei ze.

"Ik hoorde juist dat je het niet leuk vindt dat ik niet durf te paard-rijden," zei Felix. "Ik begreep dat je mij daardoor niet leuk vindt." Ze had zich willen omdraaien om hem aan te kijken, maar dat ging natuurlijk niet nu ze op een paard zat. "Wie zei dat tegen je?" vroeg ze.

"Ik heb geen idee hoe hij heet," antwoordde hij. "Volgens mij geeft hij paardrijles."

Katja haalde diep adem. "Bernard?" vroeg ze.

"Dat zou kunnen," zei hij. "Ik weet het niet."

"Het maakt mij echt niks uit of je aan paardrijden doet of niet," zei ze. "Je moet je niet gedwongen voelen."

"Ik dacht dat je blij was dat ik wilde paardrijden," zei hij.

Ze schudde haar hoofd, maar besefte dat het voor hem moeilijk was om te zien. "Ik dacht dat je het zelf wilde," zei ze. "Je hoeft het niet voor mij te doen."

"Ik was bang dat je me anders niet leuk zou vinden," zei hij.

"Daar moet je je geen zorgen om maken," zei Katja.

"Gelukkig maar," verzuchtte hij. "Want, om heel eerlijk te zijn… ik voel me nog steeds niet op mijn gemak."

"Wil je teruggaan?" stelde ze voor.

"Graag," zei hij. "Vind je dat niet erg?"

"Welnee!" Ze was net bij een stuk waar ze gemakkelijk een rondje kon maken zodat ze weer terug konden gaan. Lucy kwam trouw achter Pepper aan. Het duurde niet heel lang tot ze weer bij de manege waren. Katja stapte van Pepper en daarna hielp ze Felix om ook af te stappen. Ze voelde zijn trillende en bezweette hand en wist dat het beter was dat ze waren omgedraaid.

"Ik zal het er wel met Bernard over hebben," zei ze, toen ze naar de stal van Lucy liepen. Hij was natuurlijk nu nergens te bekennen.

"Waarom?" vroeg Felix. "Misschien heeft hij het verkeerd begrepen en bedoelde hij het alleen maar goed."

Katja koos haar woorden zorgvuldig uit. "Bernard heeft een oogje op me," zei ze. "Ik ben niet geïnteresseerd en dat weet hij, maar daarom vind ik het wel vreemd dat hij dit over me gezegd heeft."

"Heeft hij dat gezegd omdat wij iets hebben?"

"Ik denk het." Ze dacht aan de woorden van Marjolein. "Er werd ook al verteld dat jij een echte flirt bent. Misschien heeft hij die roddel ook wel verspreid."

"Dat zou wel heel kinderachtig zijn," zei Felix.

"Daar ben ik het mee eens," verzuchtte Katja. "Daarom wil ik het er eens met hem over hebben."

"Je hebt groot gelijk."

Ze had Lucy afgezadeld en bracht Pepper nu naar zijn stal. Felix liep met haar mee.

"Dit hele avontuur heeft me in ieder geval wel iets minder bang gemaakt," zei hij.

Ze keek op. Hij stond inderdaad een stuk dichter bij Pepper dan hij eerder had gedaan. "Het was niet mijn bedoeling om je bang te maken," zei ze.

"Dat weet ik," zei hij. "Het ligt ook aan mezelf, want ik wilde niet dat je me een angsthaas zou vinden."

"Zo zou ik nooit over je denken," beloofde ze. Ze sloeg haar armen om hem heen en legde haar hoofd op zijn schouder. Zo bleven ze een tijdje staan. Wat voelde het toch vertrouwd bij hem.

Zodra ze Bernard tegenkwam, zou ze hem vertellen wat ze van deze actie vond. Ze had het niet achter hem gezocht en dat deed haar pijn. Waarom zou hij leugens willen vertellen? Alleen maar omdat ze een vriend had?

HOOFDSTUK 14

Katja zag Bernard pas een dag later toen hij les gaf. Ze wachtte tot zijn les klaar was en sprak hem daarna meteen aan. "Kunnen wij even met elkaar praten?" vroeg ze. "Onder vier ogen?"

Hij stemde in en ze gingen naar een kleine ruimte vlakbij de kantine. "Wat is er aan de hand?" vroeg hij.

"Ik sprak gister met Felix en ik hoorde dat je hem hebt verteld dat ik hem niet leuk vind als hij niet gaat paardrijden," zei Katja. Ze keek Bernard doordringend aan.

"Felix?" vroeg Bernard. "Je vriend?"

"Inderdaad." Ze liet nog steeds haar ogen niet los van Bernard. Ze wilde dat hij begreep dat ze hier niet van gediend was. "Het is niet waar, dus ik begrijp niet waarom je zoiets zou vertellen."

"Ik heb het inderdaad tegen hem gezegd," zei hij. "Maar ik bedoelde het goed."

Ze sloeg haar armen over elkaar. "Hoezo bedoelde je het goed?" vroeg ze. "Ik begrijp best dat het niet fijn was dat ik je heb afgewezen, maar Felix en ik vinden elkaar erg leuk. Ik ben er niet blij mee dat je dit soort verhalen de wereld in helpt."

"Is het niet waar?" vroeg Bernard. Hij klonk verrast. "Ik dacht dat je werkelijk zo over hem dacht?"

"Dat ik hem niet leuk vind als hij niet mee gaat paardrijden?" vroeg Katja. "Hoe kom je op dat idee?"

"Ik heb het de afgelopen tijd meerdere keren gehoord," zei Bernard. "Ik heb jullie een paar keer samen gezien en heb de indruk dat jullie goed bij elkaar passen. Daarom dacht ik Felix te helpen door hem te vertellen wat ik hoorde."

"Je hebt het gehoord? Van wie?" Katja wist niet wat ze hoorde. Ze was ervan uitgegaan dat Bernard dit op zijn geweten had. Had ze dat dan toch volledig verkeerd ingeschat?

"Van Sabine. En Marianne," antwoordde Bernard. "En iemand in mijn les had het er ook al over. Lieke heet ze. Ik weet niet zeker of je haar kent."

Katja kende haar wel, maar alleen van gezicht. "Hoe kan dat nou?" mompelde ze. "Felix houdt niet van paarden. Ik heb hem gisteren meegenomen met een buitenrit en hij vond het doodeng. Hij stond te trillen op zijn benen toen hij van het paard was. Waarom zou iemand hem het idee willen geven dat ik hem niet leuk vind als hij niet op een paard stapt?"

Bernard haalde zijn schouders op. "Ik weet het niet," zei hij. "Ik vond het ook al een vreemd verhaal."

"Maar je hebt wel geholpen om het te verspreiden," zei Katja.

Hij knikte. "Dat is misschien niet mijn meest slimme zet geweest," zei hij. "Dat begrijp ik nu ook."

"Maar je hebt er dus niets mee te maken?" vroeg ze.

"Nee. Ik ken die knul amper dus waarom zou ik?"

"Ik dacht dat je jaloers was." Katja schaamde zich een beetje voor haar gedachten. Ze kende Bernard al zo lang en hij had nog nooit iets kwaads in zich gehad.

"Ik zou liegen als ik zei dat het me niks doet om je samen met Felix te zien," zei Bernard. "Ik gun je echter al het geluk van de wereld en het zou niet eens in me opkomen om dit soort verhalen te verzinnen."

"Je hebt ook niet gezegd dat Felix een vrouwenversierder is?"

Bernard schudde zijn hoofd. "Zo'n type lijkt hij me niet," zei hij.

"En zelfs al is hij een vrouwenversierder, dan zou ik jou dat vertellen. Niet een ander."

"Bedankt," zei Katja. "Sorry dat ik je vals heb beschuldigd."

"Ik begrijp wel waarom je het dacht," zei Bernard. "Als ik in jouw schoenen had gestaan, had ik precies hetzelfde geconcludeerd."

"Ik ben benieuwd wie deze verhalen dan wel is begonnen," zei Katja.

Bernard haalde zijn schouders op en zei: "Je weet hoeveel er wordt geroddeld hier. Mensen hebben ook zo vaak over mij gepraat."

"Dat is waar," zei Katja. Ze grinnikte. "weet je nog dat het verhaal rondging dat je homo bent?"

Bernard lachte ook. "Dat dachten ze omdat ik als man in een paardenwereld zit. Net alsof dat zoveel verklaart."

Katja wist het nog heel goed. Het was ergens ook geen vreemde gedachte van mensen, want op de manege liepen wel een paar homo's rond, maar het was achteraf gezien toch wel mooi hoe het verhaal een eigen leven was gaan leiden.

"Ik denk dat er over iedereen wel eens is gepraat hier," zei Bernard nu. "Je moet je niet zo'n zorgen maken. Dit verhaal waait ook wel weer over."

"Daar heb je gelijk in," zei Katja. "Ik maak me onnodig zorgen."

"Zullen we wat gaan drinken in de kantine?" stelde Bernard voor.

Dat vond ze een goed idee. Ze liepen de kantine in en bestelden bij Marianne een drankje. Ze kozen een tafeltje uit, vanwaar ze zicht hadden op de binnenbak. Sabine was er bezig met een les. Een groep jonge meisjes leerde hoe ze in galop moesten gaan. Katja keek graag naar de paardrijlessen. Ze vond het leuk om te zien hoe de leerlingen groeiden en steeds meer op een paard konden én durfden. Om zich heen hoorde ze de ouders die in de kantine zaten te wachten tot de les voorbij was. Sommige moeders leken diep onder de indruk te zijn bij het zien van hun kleine meid.

Katja was blij dat ze met Bernard had gepraat. Nu wist ze tenminste dat hij er niks mee te maken had. Ze hield er niet van om mensen valselijk te beschuldigen en nu had ze tenminste geen last meer van dat nare gevoel. Ze was telkens bang geweest dat hij toch wel de oorzaak was van deze roddels.

Het duurde niet lang tot de les voorbij was en Sabine zich bij het tweetal aansloot.

"Wat een leuke les was het," zei ze enthousiast. "Ik vind het mooi om te zien hoe gedreven mensen zijn om nieuwe dingen te leren."

"Het zag er goed uit," zei Bernard.

Sabine nam een slok van haar koffie. "Ik denk dat er wel wat meiden tussen zitten die binnenkort goed genoeg zijn voor een wedstrijd. Ze pikken het zo snel op!"

"Is er binnenkort een wedstrijd voor beginners?" informeerde Katja.

"Voorlopig even niet, dus ik heb nog de tijd om ze klaar te stomen," antwoordde Sabine. "Ik heb ze wel aangeraden om binnenkort eens te komen kijken bij een wedstrijd, zodat ze weten hoe zoiets verloopt."

"Dat is best een goed advies," vond Bernard. "Dat kan ik ook wel eens zeggen bij mijn beginnersgroepen."

Het drietal zweeg een tijdje terwijl ze hun drinken opdronken. Na een tijdje vroeg Sabine aan Katja: "Hoe gaat het met je relatie?"

"Heel goed!"

"Maak je je geen zorgen?"

Katja schudde haar hoofd. "Waar zou ik me zorgen over moeten maken?" vroeg ze. "Alles gaat prima. Ik ben nog nooit zo blij geweest met een jongen als met Felix."

"Ik zie hem wel eens met vrouwen praten hier," zei Sabine. "Wanneer jij nog aan het werk bent. En ik hoorde dat hij een behoorlijke flirt is."

"Dat heb ik ook al van iemand anders gehoord," zei Marjolein. "Het is een hardnekkige roddel."

"Je vertrouwt hem dus wel?"

"Natuurlijk."

"Hij is heel erg knap. Ik begrijp best dat veel vrouwen hem leuk vinden," zei Sabine. "Daar zou ik me zelf dus best zorgen over maken."

Katja zei: "Ik heb geen enkele reden om hem te wantrouwen."

Sabine trok aan wenkbrauw op. "Ik heb hem geregeld gezien met wat vrouwen."

"Ik praat ook zo vaak met vrouwen," zei Bernard. "Dat hoeft niets te betekenen."

Katja keek hem dankbaar aan. "Precies," zei ze. "Felix geeft me geen enkele reden om hem te wantrouwen."

"Knap van je," zei Sabine. "Ik zou dat niet kunnen. Ik zou panisch worden als iemand zoiets over mijn vriend verkondigde."

Daar kon ze zich wel iets bij voorstellen. Sabine was een behoorlijke zenuwpees. Ze kon zich druk maken om de kleinste dingetjes.

"Ik maak me niet zo snel druk," zei Katja. "Ik weet dat het nergens voor nodig is."

"Zulke roddels slaan vaak ook nergens op," zei Bernard. "Als er over mij wordt gepraat, vind ik dat vooral een goede reden om flink te lachen."

Dat moest Katja inderdaad ook maar doen, besloot ze. Lachen om dit soort verhalen. Ergens was het ook wel lachwekkend. En zolang zij de waarheid wist, maakte het niks uit wat anderen vonden of dachten. Voor je er erg in had gingen er verhalen rond over andere mensen en waren Katja en Felix niet meer zo interessant om over te praten. En trouwens, het zou vast bij deze twee roddels blijven. Geen enkele reden inderdaad om je druk over te maken of om uit te zoeken wie de aanstichter was.

HOOFDSTUK 15

"Ik vind het moeilijk," zei Felix een paar dagen later. "Als Bernard het niet is geweest, wie heeft mij dan proberen wijs te maken dat jij me niet leuk zou vinden als ik niet aan paardrijden doe?"

Katja haalde haar schouders op. Ze zat bij Felix in de tuin en had hem net ingelicht over het gesprek dat ze met Bernard had gehad. Ze had Taz dit keer niet meegenomen. "Ik weet het niet," zei ze. "Maar het maakt toch niks uit? Laat ze maar kletsen. Wij weten beter."

"Toch vind ik het heel vervelend," zei hij. "Jij woont op de manege, dus je bent roddelen misschien gewend. Ik heb er niet eerder zo mee te maken gehad."

"Ook niet op je werk?"

Hij wachtte even tot hij antwoordde. "Misschien gebeurt het daar ook wel," zei hij. "Het is mij alleen nooit opgevallen."

"Vrouwen praten vaker over elkaar dan mannen," zei Katja. "Op een manege, waar veel vrouwen komen, raak je er inderdaad wel aan gewend."

"Mannen roddelen niet?" vroeg Felix lachend.

"Jawel, maar in het algemeen veel minder," zei ze. "Mijn ervaring is dat mannen sneller iemand rechtstreeks confronteren."

Felix pakte zijn glas ijsthee. "Daar heb je misschien wel gelijk in," zei hij. "Toch zit het me niet lekker."

"Het zijn maar twee roddels. Maak je geen zorgen," zei Katja. "Het is niet leuk, maar het zijn onschuldige verhalen."

"Ik weet het wel, maar ik vind het niet gemakkelijk om het te negeren," zei hij. "Ik vind het geen fijn idee dat mensen denken dat ik achter de vrouwen aanloop."

"Laat ze maar denken wat ze willen," zei Katja. "Ik weet dat je alleen achter mij aanloopt. Dat is toch het belangrijkste?"

"Je zult wel gelijk hebben." Het klonk wat twijfelachtig.

"Laat het los," adviseerde ze.

Hij knikte. "Ik zal het proberen."

Ze pakte ook haar ijsthee en nam een slok. Lekker zoet. Het was nog steeds mooi weer en dit drankje paste perfect bij de temperatuur.

"Blijf je eten?" vroeg hij na een tijdje. "Ik maak vanavond een salade met kipfilet."

"Dat klinkt goed," zei ze. "Zal ik je helpen?" Ze vond het leuk wanneer ze samen in de keuken bezig waren. Ze combineerden vaak hun ideeën en kwamen daardoor op hele andere combinaties.

"Prima," zei hij.

"Ik moet na het eten wel meteen weg," zei ze. "Ik wil Taz niet te lang alleen laten."

"We kunnen ook op tijd eten?" stelde hij voor. "Dan beginnen we nu alvast aan het eten."

Dat vond ze een goed idee. Ze gingen de keuken in en Katja sneed de tomaten en komkommer in kleine stukjes.

"Nog wat drinken tijdens het koken?"

Ze knikte. Met dit warme weer kon je niet genoeg drinken. Ze hoorde hoe hij achter haar de koelkast opende en de glazen bijschonk. Daarna opende hij de vriezer voor de ijsblokjes. Katja deed ondertussen de gesneden groentes in een grote schaal.

Opeens voelde ze iets kouds in haar nek. Felix hield een ijsblokje tegen haar aan en liet het daarna in haar decolleté vallen. "Oeps," zei hij met een ondeugende stem.

Het kippenvel stond op haar armen. "Rotzak," lachte ze. Ze wilde het ijsblokje uit haar bh halen, maar hij hield haar tegen. "Ik help je wel," zei hij.

Voordat ze iets kon zeggen ging zijn hand haar bh al in. In plaats van het ijsblokje, pakte hij haar borst. "Heb je het koud?" vroeg hij toen hij haar tepel voelde. "Of vind je dit wel leuk?"

"Je gooide net een ijsklontje in mijn bh," lachte ze. "Warm is anders."

Hij pakte het ijsblokje en legde het op het aanrecht.

"Dan zal ik ophouden," fluisterde hij plagend in haar oor.

Ze kreeg er kippenvel van en ze wist dat het niet door het ijs kwam. Het was de eerste keer dat hij de leiding nam. Een kant van hem die ze nog niet zo goed kende. "Nee," gebood ze. "Je hoeft niet te stoppen." Ze wilde zelfs dat hij doorging.

Hij ging achter haar staan, deed haar truitje omhoog en pakte haar borsten vast. Hij trok haar tegen zich aan, zodat haar billen tegen zijn kruis kwamen. Toen hij haar oorlel kuste stond het kippenvel opnieuw op haar armen.

"Ik geloof dat die salade even moet wachten," fluisterde ze.

"Niet erg," zei hij. "Ik heb toch nog geen honger. Taz wacht maar iets langer op je." Ze trok haar truitje uit en hij maakte haar bh los. Zijn handen vonden zijn weg onder haar rok en toen zij zijn broek los wilde maken, schudde hij zijn hoofd. "Geniet gewoon," zei hij. Hij deed haar rok en slip naar beneden, zodat ze naakt voor hem stond. Hij bekeek haar van top tot teen. Zijn blik bleef hangen bij haar borsten en ze kon de lust in zijn ogen zien. Ze voelde zich opeens ontzettend mooi, zoals ze hier nu in de keuken stond en hij naar haar keek.

"Zullen we naar boven gaan?" vroeg hij.

Dat liet ze zich geen tweede keer zeggen. Op het bed liet ze hem zijn gang gaan en zijn aanrakingen bezorgden haar een tintelend gevoel. Ze vond het leuk dat hij dit keer het initiatief nam en haar het gevoel gaf dat ze heel bijzonder was. Hij trok zijn kleren uit, ging op haar liggen en nam bezit van haar. Ze kreunde van genot.

Ze lagen tegen elkaar aan op het bed. Hun lichamen plakten, niet alleen door de hitte buiten. "Wauw," fluisterde ze. "Je blijft me verrassen. Ik heb een kant van je gezien die ik nog niet kende."

Felix grijnsde ondeugend en veegde haar haren uit haar gezicht.

"Ik kende deze kant ook nog niet van mezelf," zei hij.

"Meestal kom je erg verlegen en terughoudend over," zei Katja. "Hoe komt dat?"

"Zo ben ik nou eenmaal," zei hij. "Ik voel me snel ongemakkelijk. Ik ben bang wat anderen over me denken en me altijd bewust van mezelf."

"Vind je dat niet vervelend?" vroeg ze.

Hij haalde zijn schouders op. "Ik heb er geen last van," zei hij. "Zo ben ik altijd al geweest. Ik weet niet goed waar dat vandaan komt."

"Je had er net in ieder geval geen last van," giechelde ze.

"Bij jou voel ik me niet ongemakkelijk," zei hij. "Ik kan me ontspannen. Dat bevalt me wel. Het is even wennen, maar het is fijn dat het zo vertrouwd voelt bij iemand."

"Ik ben blij dat te horen," zei ze. Ze ging wat dichter tegen hem aanliggen. Ze bleven een tijdje zo liggen. Zijn maag knorde en hij lachte. "Ik denk dat we maar eens verder moeten gaan met onze salade."

Ze zuchtte. "Je hebt gelijk," zei ze. Ze had liever nog een tijdje bij hem gelegen, maar ze begon ook wel honger te krijgen.

Ze trokken hun kleren aan en gingen naar beneden. De salade werd klaargemaakt. Felix bakte de kipfilet. Niet veel later zaten ze buiten in de zon te eten.

"Zal ik je naar huis brengen?" vroeg hij na het eten.

"Ik loop wel," zei ze. "Het is prachtig weer."

"Dan loop ik een stuk met je mee," stelde hij voor. "Jara moet er toch uit."

Dat vond ze een prima idee. Tijdens het lopen zeiden ze niet veel tegen elkaar. Dat was niet nodig. Soms was het fijn om samen te zijn en was een gesprek niet nodig. Nu was dat ook het geval.

Katja keek vanuit haar ooghoeken naar hem. Felix was echt een leuke kerel. Ze besefte maar al te goed hoeveel geluk ze met hem had. Hij was perfect voor haar!

HOOFDSTUK 16

Het was de laatste les van de puppycursus. Katja had er een dubbel gevoel bij. Dit was de puppycursus waar alles mee was begonnen. Hier had ze Felix leren kennen en leerde ze waar ze rekening mee moest houden bij Taz.

Ze had in al deze weken een leuke band gekregen met de andere cursisten. Ze was deze mensen – en hun honden – echt gaan leren kennen. De tijd was voorbij gevlogen en dat vond ze erg jammer. Taz had veel geleerd de afgelopen weken. Hij luisterde erg goed, maar was vooral ontzettend enthousiast. En dat vond ze juist wel leuk. Niet voor niets wilde ze een hele levendige hond.

Bij deze laatste les moesten ze laten zien wat de honden de afgelopen weken hadden geleerd. Niet alle honden luisterden goed en ook Taz was een stuk drukker dan normaal. Het leek er haast op alsof alle honden in de gaten hadden dat het vandaag een bijzondere dag was. Ze leken de spanning van sommige baasjes feilloos aan te voelen. Felix leek daar juist de lol wel van in te zien. Hij maakte geregeld grapjes en gaf alle honden wel wat aandacht.

Aan het einde van de les werden de certificaten uitgedeeld. Zoals Katja al had verwacht kreeg iedereen een certificaat, ook de eigenaren van de honden die vandaag niet zo goed luisterden. Ook kreeg iedereen een zak met hondensnoepjes, waarvan Katja wist dat Taz ze dolgraag wilde hebben.

Daarna legde Felix uit hoe het zat met vervolgcursussen en welke mogelijkheden er allemaal waren. Ook gaf hij nog wat laatste antwoorden op vragen. Daarna gingen ze met de hele groep naar de kantine.

Het was daardoor erg druk en onrustig in de kantine. Alle honden wilden maar wat graag naar elkaar toe om te spelen. Sommige honden blaften en het was daardoor erg moeilijk om de gesprekken te volgen.

"Ga je hierna nog een cursus doen?" vroeg Felix aan Katja.

"Ik twijfel heel erg," antwoordde ze. "Ik vind het erg leuk, maar ik merk dat het toch wel veel tijd in beslag neemt. Ik moet ook veel op de manege zijn en daardoor heb ik niet zoveel vrije tijd."

"Je kunt altijd later beslissen om iets te gaan doen," zei Felix. "Taz is een leergierige hond, dus het zou wel leuk zijn als je er verder mee gaat."

Katja knikte. "Misschien dat ik inderdaad een paar maanden rust neem en dan weer een cursus volg."

"Dat zou ik zeker doen," adviseerde hij haar. "Vooral omdat jullie het allebei zo leuk vinden."

"Ik houd het in mijn achterhoofd," beloofde ze. Felix liep naar iemand anders om daar een praatje mee te maken. Ze vond het fijn dat hij niet alleen aandacht aan haar gaf, maar werkelijk deed wat hij hoorde te doen. Het was goed dat hij professioneel bleef. Ze vroeg zich af of de andere deelnemers van de puppycursus überhaupt wisten dat het tweetal een relatie had. Ze maakten er geen geheim van, maar tegelijkertijd wilden ze ook niet dat iedereen direct kon zien hoe dol ze op elkaar waren. Een puppycursus was daar sowieso geen geschikte plek voor. Langzaam begon de kantine wat leeg te lopen. Katja nam afscheid van haar oude groep en ze wist dat ze een aantal van hen niet meer zou zien. Dat vond ze toch wel een vreemd idee. Ze waren behoorlijk naar elkaar toegetrokken als groep tijdens de cursus.

"Heb je zin om zo nog even bij mij langs te komen?" opperde Felix toen het wat rustiger was.

Dat leek Katja een prima idee. Toen iedereen eenmaal weg was, vertrokken ze ook. Zij reed achter hem aan, omdat ze met de auto naar de cursus was gekomen. Bij zijn huis werden ze al meteen enthousiast begroet door Jara. En hoewel Taz toch best veel moest doen tijdens de cursus, was hij alweer vol energie toen hij Jara zag.

"Wil je wat drinken?" vroeg Felix.

Ze schudde haar hoofd. "Ik heb net in de kantine al twee glazen fris op."

Hij ging naast haar op de bank zitten en zij nestelde zich tegen hem aan. "Vreemd dat we elkaar niet meer elke week bij de cursus zullen zien," zei ze.

"Inderdaad, maar dat betekent niet dat we elkaar helemaal niet meer zien."

"Gelukkig maar."

"Ik wilde het wel ergens over hebben met je," zei Felix nu. Hij ging wat rechterop zitten.

"Wat?" Ze had de spanning in zijn stem opgemerkt. Hij vond het duidelijk moeilijk om iets ter sprake te brengen.

"Ik ben benieuwd waarom je bij je oom en tante woont," zei hij. "Ik heb je nog nooit over je ouders gehoord en ik vraag me af waarom. Laatst werd ik er door iemand op gewezen op de manege, dus ik weet al wel iets, maar…"

"Wat weet je?" vroeg Katja. Vrijwel niemand op de manege wist hoe het zat met haar ouders.

"Ik begreep dat je moeilijk opvoedbaar was," zei Felix. "En dat je daarom bij je oom en tante terecht bent gekomen."

Ze schrok van die woorden. "Daar is niets van waar," bracht ze uit. Dat er over haar werd geroddeld had ze wel geaccepteerd, maar dat mensen leugens over haar verleden vertelden, deed haar veel meer pijn.

"Echt niet? Weer een roddel?"

"Ik denk het." Ze beet op haar lip. Dat deed ze eigenlijk nooit en het verbaasde haar dan ook.

"Wat is dan wel de reden dat je bij je oom en tante woont?" vroeg Felix. "Als je het erover wilt hebben natuurlijk. Je lijkt nogal ontdaan te zijn."

"Dat komt niet door jouw vraag," verzekerde ze hem. "Ik ben vooral geschrokken dat mensen dit soort dingen vertellen, omdat er niets van waar is. Natuurlijk mag je weten waarom ik bij mijn oom en tante op de manege woon."

Ze vertelde over haar moeder Agnes, die op achttienjarige leeftijd zwanger was geworden tijdens een one night stand. Agnes was het bed in gegaan met een knul die ze pas een paar keer had gezien. Een condoom gebruikten ze niet, omdat ze er niks kwaads in zagen. Dat was dus behoorlijk mis gegaan. Omdat Agnes eigenlijk nog niet toe was aan een baby, ging de opvoeding erg moeizaam. Ze had er moeite mee om Katja op de eerste plek te zetten en ze wilde veel liever genieten van het leven. Katja was vooral een vervelende bijkomstigheid, in haar ogen. Het was vooral Katja's oma geweest die de zorg op zich had genomen. Ze kwam vaak oppassen en zorgde ervoor dat Katja toch een leuke jeugd had.

Maar toen haar oma ernstig ziek werd en een paar maanden

later kwam te overlijden, veranderden de dingen. Agnes merkte nu pas hoe zwaar het was om alleen een kind op te voeden en ze had haar prioriteiten nog steeds niet goed zitten. Katja wist nog heel goed hoe vaak ze ruzie met haar moeder had vroeger, omdat ze het idee had dat ze niet begrepen werd. Hoe vaak was ze als kind niet thuisgekomen in een leeg huis na een schooldag? Op de basisschool moest ze tussen de middag al alleen eten en ook het avondeten moest ze vaak zelf maken. Agnes was nergens te bekennen en Katja's vader liet al helemaal niks van zich horen.

In die periode besloten Debby en Ton een manege te kopen. Debby was zeven jaar ouder dan Agnes en ook een stuk zelfstandiger. Ze had een droom voor ogen en werkte er keihard aan om die waar te maken. Katja kwam steeds vaker naar de manege en kon daar de rust vinden die ze nodig had. Ze vond het inspirerend om te zien hoe hard haar oom en tante werkten voor hun droom. Het was heel anders dan wat ze was gewend en het gaf haar kracht.

Debby en Ton waren niet alleen erg inspirerend, maar ook heel liefdevol en ze zagen Katja graag komen. Ook zij hadden in de gaten dat het bij Agnes thuis niet ging zoals het hoorde en uiteindelijk bespraken ze met Agnes of het mogelijk was dat Katja bij hen in huis kwam. Agnes dacht er niet eens over na, maar stemde meteen in met het plan. Het vergde een hoop papier- en regelwerk, maar daarna kregen Debby en Ton officieel de voogdij over hun nichtje. Sindsdien had ze eigenlijk niks meer van zich laten horen. Jaren later kreeg Katja de mogelijkheid om op zichzelf te wonen, omdat er een gedeelte vrij kwam waar één van de medewerkers lang had gewoond. Ze mocht er wonen, als ze voor haar oom en tante zou werken, net zoals de vorige medewerker had gedaan. En dat aanbod had ze direct gegrepen. Ze hield van de manege en ze kon zich geen andere woonplek meer voorstellen.

Het kostte Katja meer moeite dan ze wilde om haar verhaal te doen. Ze had het nooit in zoveel details verteld en ze had het er nog steeds met momenten best moeilijk mee dat haar moeder zo tegen haar had gedaan. Het was pijnlijk om te weten dat haar eigen moeder niet eens had getwijfeld toen iemand anders de voogdij wilde. En haar vader? Die kende ze niet eens. Katja had er weinig behoefte aan om hem te leren kennen. Ze voelde zich thuis bij Debby en Ton en zag hen tegenwoordig als haar echte ouders.

Felix stelde tijdens het verhaal weinig vragen. Hij luisterde en toonde vooral veel begrip. Hoe hij reageerde was precies wat ze nodig had.

"Wat vervelend dat je dit allemaal hebt moeten meemaken," zei hij. "Vond je het dan niet moeilijk om bij mijn ouders op visite te gaan?"

"Juist niet," antwoordde ze. "Ik vond het prachtig om te zien hoe jullie met elkaar omgaan."

"Vreemd dat iemand zegt dat je moeilijk opvoedbaar bent," zei Felix. "Hoe komt iemand daarbij?"

"Ik denk dat mensen hun eigen invullingen maken," verzuchtte Katja. " Ze weten niet hoe het zit, maar denken wel dat ze alles weten. Van wie heb je het? Bernard?" Ze wist dat ze met Bernard had gepraat, maar toch moest ze meteen weer aan hem denken. Ze had Felix op de hoogte gebracht van haar gesprek met hem en had eigenlijk het hoofdstuk Bernard afgesloten, maar nu twijfelde ze toch weer.

"Nee, Bernard niet," antwoordde hij. "Het was een vrouw. Ik weet niet hoe ze heet."

"Hoe zag ze eruit?"

"Ze had een lange bruine vlecht, met een gekleurd lint erin."

Dat kon er maar eentje zijn. Sabine. En dat zat Katja niet lekker. Dit was nu al de derde roddel in een korte tijd die over haar of Felix in de rondte ging. Was het Sabine die dit op haar geweten had? Ze kon het zich bijna niet voorstellen, maar je wist het natuurlijk nooit zeker. Moest ze er achteraan gaan of het hierbij laten? Ze besloot dat het de energie niet waard was. Ze wilde zich absoluut niet druk maken om dit soort onzinverhalen.

HOOFDSTUK 17

"Die gast houdt niet van dieren."

Katja had kantinedienst, omdat Marianne een dag vrij was. Er was net een paardrijles geweest en de kantine zat lekker vol. Katja luisterde mee naar het gesprek dat een paar tafels verder werd gevoerd. De afgelopen weken had ze nog steeds geen idee wie de roddels had veroorzaakt.

"Echt niet?" reageerde iemand anders.

"Dat vertelde Yvonne," zei de eerste. "Ik vind het wel vreemd. Waarom ben je zo vaak op een manege, als je niet eens van dieren houdt?"

Een derde mengde zich ook in het gesprek. "Ik hoorde dat hij één van de paarden pijn heeft gedaan."

Katja had een vreemd voorgevoel bij dit gesprek. Ze had sterk het vermoeden over wie dit ging. Maar ze besloot toch dat ze eens moest vragen. Misschien klopte haar voorgevoel niet en liep er echt iemand rond op de manege die dieren pijn deed. Ze kwam achter de bar vandaan en liep naar de tafel. "Hoi!" zei ze vrolijk. "Ik hoorde toevallig jullie gesprek. Als er iemand is hier die de paarden pijn doet, dan wil ik dat graag weten. Dan kunnen we tenminste maatregelen nemen."

De vrouwen keken verbaasd op. "Weet je dat dan niet?" vroeg ze.

Katja slikte. Misschien klopte haar vermoeden dan toch wel?

"Het is je eigen vriend," sneerde iemand anders. "Jij moet toch als geen ander weten dat hij niet van dieren houdt? Ik snap niet dat je daar een relatie mee kan beginnen."

"Mijn vriend is hondentrainer en dol op dieren," zei Katja. "Paarden, daar houdt hij inderdaad niet zo van, maar hij zal nooit een paard pijn doen."

"Dat is niet wat ik heb gehoord."

Katja begon boos te worden. "Denken jullie werkelijk dat ik mijn eigen vriend niet ken?" vroeg ze. "Hij doet geen vlieg kwaad." Ze besefte dat ze niet zo professioneel overkwam nu en daarom liep ze terug naar de bar. Ze was kwaad, omdat er alweer een roddel was over hen. Wat was dit nou voor onzin? Ze wist dat ze het beter kon negeren, maar dat was makkelijker gezegd dan gedaan. Als ze het zou negeren, dan ging het misschien vanzelf over. Nu ze zo kwaad werd, was dat ongetwijfeld een nieuwe reden voor roddels.

Op dat moment kwam Marjolein de kantine in.

"Hey," zei Katja. "Ik wist niet dat je hier vandaag was."

"Ik zocht je al," zei Marjolein. "Ik zag je niet bij de stallen."

"Wil je iets drinken?"

"Doe maar een cola."

Katja pakte het drinken en rekende af. Daarna haalde ze diep adem. Ze kon niet geloven wat er allemaal gebeurde. Ze had een enorme hekel aan roddelen en ze begreep niet dat anderen het zo schaamteloos konden.

"Wat is er?" vroeg Marjolein. "Ik kan zien dat je ergens mee zit."

"Iemand verspreidt vervelende roddels over Felix en mij," zei Katja. "Ik heb er al zeker vier ontdekt, maar het zal me niks verbazen als er nog veel meer vreemde verhalen over ons rondgaan."

"Is dat nog steeds aan de gang?"

Katja knikte. Ze had Marjolein wel een beetje op de hoogte gehouden via de sms. "Ik hoorde net dat Felix een hekel aan dieren heeft en dat hij zelfs één van de paarden pijn heeft gedaan."

"Weet je wie deze dingen bedenkt?" vroeg Marjolein.

Katja haalde haar schouders op. "Ik heb werkelijk geen idee," zei ze. "En het maakt me ook niet uit wie het is. Ik weet alleen dat ik het heel vervelend begin te vinden."

"Weet je zeker dat het allemaal leugens zijn?"

"Natuurlijk. Waarom zou Felix een dier pijn doen als hij zelf met dieren werkt? En ik weet ook zeker dat ik vroeger niet moeilijk op te voeden was."

Marjolein knikte. "Ik begrijp wat je bedoelt," zei ze. "Maar je moet proberen je er niet te druk om te maken. Het is het niet waard. Je maakt je veel te boos nu."

"Ik weet het," antwoordde Katja.

"Het komt vanzelf wel goed. Daar ben ik van overtuigd" zei Marjolein. "Dus het is zonde om er zoveel aan te denken."

Iemand anders wilde iets bestellen en Katja moest haar aandacht weer op haar werk richten. Dat vond ze ook niet vervelend. Dan kon ze tenminste ergens anders aan denken.

"Fijn dat je voor Marianne wilde invallen," zei Debby aan het einde van de dag.

"Geen probleem," lachte Katja. Ze bleef die avond bij haar oom en tante eten. Haar tante had lasagne gemaakt. Het was een heerlijke zelfgemaakte lasagne met erg veel groentes erin. Altijd als haar tante die maakte, bleef Katja eten. Ze was dol op het gerecht.

"Ging alles goed?" vroeg Debby.

Ze knikte. "Veel omzet gedraaid."

"Is Felix nog langs geweest?" vroeg Debby.

"Nee, hij had het erg druk vandaag."

Het was een tijdje stil. "Ik denk dat het beter is als hij hier niet meer komt," zei Debby nu.

Katja verslikte zich bijna in haar hap lasagne. "Waarom niet?" vroeg ze.

"We hebben wat zaken over hem gehoord," zei Ton. "Ik weet niet of Felix wel zo goed is voor je." Ton zei nooit veel. Als hij toch eens praatte, dan wist je dat het serieus was.

Katja haalde diep adem. De roddels hadden zelfs haar oom en tante bereikt. "Bedoelen jullie dat Felix niet van dieren houdt en één van de paarden pijn heeft gedaan?"

"Inderdaad," zei Ton. "Zo iemand willen we hier liever niet op het terrein. De veiligheid van de paarden gaat voor. Dat moet je begrijpen."

"Natuurlijk begrijp ik dat," zei Katja. "Maar het verhaal is een leugen. Felix is bang voor paarden. Hij komt er niet eens bij in de buurt."

"Weet je dat heel zeker?" vroeg Ton.

"Ja. Ik ken hem."

"Jullie zijn nog niet zo lang samen," zei Debby. "Weet je het wel zeker?"

Katja haalde diep adem. "Twijfelen jullie werkelijk aan mijn verhaal?" vroeg ze. "Ik zou nooit iemand op het terrein brengen die de paarden kwaad zal doen."

Ze zag dat haar oom en tante elkaar even aankeken. "We geloven je wel," zei Debby nu. "Maar het is wel vreemd dat we dit te horen hebben gekregen."

"Ik weet niet wie die roddels verspreidt," zei Katja. "Het is niet de enige roddel die ik al heb gehoord en het begint erg vervelend te worden." Ze vertelde welke verhalen ze de afgelopen tijd al had gehoord.

"Is iemand misschien jaloers?" opperde Debby. "Heb je soms een vijand?"

Katja haalde haar schouders op. "Ik weet het niet," zei ze.

"Is het ook een roddel dat hij problemen heeft op zijn werk?" vroeg Ton.

Die was nieuw voor Katja. "Ik denk het wel," zei ze. "Hij heeft het er in ieder geval niet over gehad."

"Je hebt dus geen idee wie het heeft gedaan?"

"Helaas niet," zei ze. "Ik dacht eerst dat het Bernard was, maar toen ik hem erop aansprak ontkende hij het. Ik geloof hem."

"Het lijkt me ook niks voor Bernard," zei Debby.

"Ik wil ook niet met mijn vinger een schuldige aanwijzen, want het kan maar zo dat die persoon er niks mee te maken heeft," zei Katja. Ze dacht nog eens aan Sabine. Felix had haar precies omschreven. Zou zij dit zijn begonnen? Katja kon het zich niet voorstellen. Ze had nog nooit echt problemen gehad met Sabine. Al vond ze de instructrice soms wel erg irritant. Die irritaties had ze echter altijd prima weten te onderdrukken. En zolang ze verder geen bewijs had wilde ze niet naar Sabine gaan om het te vragen. Ze wist dat Sabine het niet zou waarderen als ze valselijk werd beschuldigd. En Katja begreep dat ook wel, zelf zou ze er ook echt niet van gediend zijn als iemand haar ergens van beschuldigde als ze niks had gedaan.

"Dat begrijp ik ook wel," zei Debby. "Wat vervelend zeg. We dachten echt dat hij iets tegen dieren had."

"Dan zou hij toch geen hondentrainer zijn?" zei Katja. "Willen jullie het voortaan eerst vragen aan me, voordat jullie conclusies trekken? Ik weet niet wat er nog meer voor roddels zullen komen."

"Dat beloven we," zei Debby. Ton gaf een klein knikje. Voor Katja was dat voldoende om te weten wat hij ermee wilde zeggen: hij zou niet zomaar meer aan Felix twijfelen.

Gelukkig maar, want ze wilde niet dat haar oom en tante iets tegen haar vriend hadden.

HOOFDSTUK 18

Toen Felix naar de manege kwam zonder Jara, had Katja met-een het idee dat er iets niet helemaal klopte. Ze zag het aan de uitdrukking in zijn ogen en aan zijn ineengedoken houding. Taz kwam vrolijk op hem afrennen. Felix aaide hem even, maar het ging een stuk minder uitbundig dan Katja van hem was gewend.

"Ben je bijna klaar met je werk?" vroeg hij.

"Ja, ik moet alleen deze stal nog schoonmaken," antwoordde Katja.

"Ik wacht hier wel," zei hij.

Dat verbaasde haar niks. Ze wist dat Felix nog steeds liever niet in de stallen kwam. Dat vond hij toch wat te dicht bij de paarden. Soms liep hij wel met haar mee, maar meestal bleef hij liever uit de buurt. Zelfs wanneer de stal leeg was en hij zich dus eigenlijk nergens zorgen over hoefde te maken, kwam hij liever niet naar binnen.

Katja vroeg zich af wat er aan de hand was. Meestal kwam hij met een brede glimlach naar de manege. Dit keer leek hij erg uit zijn doen te zijn. Er was iets aan de hand, maar wat?

Ze had nog nooit eerder zo snel een stal schoongemaakt als ze nu deed. Ze liep daarna weer naar Felix. Ze had beloofd vanavond voor hem te koken en ze glimlachte even. "Zullen we maar naar huis gaan?" vroeg ze. "Ik ben klaar."

"Prima." Hij leek er niet bij te zijn met zijn gedachten.

"Wat is er?" vroeg ze.

"Ik ga schijnbaar vreemd."

Ze stopte met lopen. "Wat bedoel je? Is dit een roddel of een bekentenis?"

Hij keek haar eindelijk aan. "Een roddel natuurlijk," zei hij. "Toen ik hier net heenging kreeg ik van een vrouw te horen dat ik het beter bij één vrouw kon houden. Ze vond dat ik het niet kon maken om iets met twee vrouwen tegelijk te hebben."

"Hoe reageerde je?"

"Niet," zei hij. "Ik wist niet wat ik moest zeggen. Ze overdonderde me er nogal mee."

"Ik hoorde laatst ook al dat je één van de paarden hier pijn had gedaan," zuchtte Katja. "En mijn tante kwam met het verhaal dat het niet goed gaat op je werk."

"Ik weet nergens van," mompelde Felix.

Katja liep weer verder. Felix kwam achter haar aan. Ze haalde diep adem. "Ik weet het," zei ze.

Ze gingen haar huis in. Katja vulde de etensbak van Taz en liep daarna naar de keuken om aan het eten te beginnen. "Waarom heb je Jara niet meegenomen?"

Hij haalde alleen maar zijn schouders op.

"Gaat het wel?" Ze keek hem onderzoekend aan.

"Jawel."

"Weet je het zeker?" Ze pakte een ui en een snijplank. "Je lijkt wat afwezig te zijn."

"Sorry. Ik ben een beetje moe."

"Drukke dag gehad?"

"Niet echt."

Katja fronste haar voorhoofd. Ze besloot niet door te vragen. Als hij ergens mee zat, dan kon hij dat ook best zeggen. En misschien was hij inderdaad moe en was er verder niks aan de hand. Ze had echter nog steeds zo'n voorgevoel dat er iets niet klopte. En ze wist dat haar voorgevoel het meestal bij het juiste eind had.

"Wat ga je koken?" vroeg Felix, toen ze een aubergine in blokjes aan het snijden was.

"Wraps," antwoordde ze. "Volgens een Amerikaans recept dat ik online gevonden heb."

"Ik ben benieuwd," zei hij. "Heb je ergens hulp bij nodig?"

"Misschien kun je de tomaten snijden," opperde ze.

Samen werkten ze aan het gerecht, dat best lekker bleek te zijn. Tijdens het koken en het eten zwegen ze vooral. Katja probeerde het gesprek wel gaande te houden, maar Felix reageerde amper ergens op. Hij was er duidelijk niet helemaal bij met zijn gedachten. Katja probeerde haar gevoel te negeren. Misschien was er niks aan de hand en had hij slechts een rotdag gehad, of niet goed geslapen. Het hoefde niks te betekenen, dus ze wilde zich er ook niet al te druk om maken.

Ze nestelde zich tegen hem aan op de bank en het viel haar op dat hij zijn armen niet om haar heensloeg. "Wat is er toch?" vroeg ze licht geïrriteerd.

"Wat bedoel je?"

"Je doet anders dan normaal." Ze ging rechtop zitten.

"Is dat zo?" Hij keek haar niet eens aan.

"Je bent stil," vond ze. "En je houdt me niet vast." Hij sloeg zijn arm om haar heen, maar die haalde ze meteen weer weg. "Ik wil weten wat er aan de hand is."

Hij zei een hele tijd niets, maar staarde voor zich uit. Ze bleef zijn kant opkijken. Zo gemakkelijk kwam hij er niet vanaf! Uiteindelijk sprak hij lijzig: "Ik weet niet wat ik met al die vervelende verhalen moet die over mij gaan."

"Je kunt ze het beste negeren," zei ze. "Het waait wel over."

Hij schudde zijn hoofd. "Ik kan dat niet," zei hij. "Ik vind het vreselijk dat mensen dingen over me denken die niet waar zijn. Ik heb geprobeerd het te negeren, maar ik kan het niet."

"Voor je het weet hebben ze een ander slachtoffer," zei ze. "Dat weet ik zeker."

"Maar het beeld dat mensen van me hebben klopt niet," reageerde hij met een zucht. "Ik zal altijd worden gezien als iemand die is vreemdgegaan, of als iemand die alleen maar met vrouwen flirt. En een ander denkt misschien altijd dat ik paarden pijn doe en dieren haat."

"Wat maakt het uit wat anderen denken?" vroeg Katja. "Het gaat er toch om dat wij weten wat de waarheid is?"

"Ik weet het niet."

"Ik weet dat jij zulke dingen niet doet," zei ze. "Het maakt me niks uit wat anderen vinden of denken."

Het was opnieuw een tijd stil. Katja probeerde aan zijn gezichtsuitdrukking te zien wat hij dacht. Maar daar kon ze weinig aan aflezen. Eindelijk zei hij: "Ik kan dit niet."

"Wat niet?"

"Jij. Ik. Wij samen." Hij zuchtte diep. "Ik trek het niet."

"Bedoel je…" Ze stond met haar mond vol tanden.

"Ik denk dat ik dat bedoel, ja."

Ze haalde diep adem voordat ze iets zei. "Je kunt je toch niet gek laten maken door wat verhalen?"

"Ik kan het niet langs me heen laten gaan," zei hij. "Ik heb het geprobeerd, maar toen waren er nog maar weinig verhalen over ons. We weten niet hoeveel er nog meer wordt verteld en ik heb er erg veel moeite mee dat ik zo zwart word gemaakt."

"Ik begrijp dat je daar moeite mee hebt," zei Katja. "Ik vind het ook geen fijn idee, maar dit kan toch niet het einde van onze relatie zijn?"

"Het spijt me."

"Ik wil dat je bij me blijft," zei Katja. Ze hoorde de wanhoop in haar eigen stem. Als ze iets niet wilde, was het Felix kwijtraken. In de korte tijd dat ze een relatie hadden, voelde ze al een enorme band met hem. Dat konden ze toch niet zomaar opgeven.

"Ik weet het," zei Felix. "Dat wil ik zelf ook, heel graag."

"Waarom doe je dat dan niet?" Ze keek hem aan. "Waarom blijf je dan niet bij me?"

"Ik kan het niet," zei hij. "Ik voel me niet op mijn gemak hier. Ik heb het idee alsof ik constant word bekeken."

"Ik kan toch ook naar jou gaan?" stelde ze voor. "Dan kom je hier voorlopig niet."

Hij schudde zijn hoofd. "Dat lijkt me geen goede basis voor een relatie. Ik denk dat dit beter is."

Die woorden deden haar pijn. Hij dacht dat het beter was. Het vatte alles samen in een paar woorden. Hij zag geen toekomst meer in hen en ze kon hem blijkbaar niet overhalen. Dit had hij in zijn hoofd zitten, want hij vond dit de beste oplossing. "Ik wil je niet verliezen," probeerde ze toch nog.

"Het spijt me," zei hij voor een tweede keer.

Ze kon aan zijn ogen zien dat hij het meende. Hij had het hier erg moeilijk mee. Eindelijk zag ze emoties, maar dit waren niet de emoties die ze graag wilde zien. "Maar…" begon ze.

"Ik denk dat ik beter kan gaan," zei Felix en hij stond op.

"Wil je wel contact blijven houden?" vroeg Katja. Ze liep achter hem aan toen hij naar de voordeur liep.

"Dat maakt het alleen maar moeilijker." Hij praatte steeds zachter en voor Katja was dit het teken dat het voor hem net zo moeilijk was voor haar. Hij wilde dit niet, maar hij had inderdaad het gevoel dat hij niet anders kon. Ze wilde hem vastpakken, door elkaar schudden en zeggen dat hij zich niet zo gek moest laten maken, maar ze wist dat dit geen goede aanpak zou zijn. Ze moest zijn keuze accepteren. Hoe moeilijk dat ook was voor haar. Net als hij had zij geen keuze.

Ze liep met hem mee naar de deur. "Mag ik nog wel een knuffel, voordat je gaat?" vroeg ze. Ze beet op haar lip. Ze wilde hem nog één keer vasthouden. Nog een keer zijn aftershave ruiken. Nog één keer zijn armen om haar heen voelen.

"Ja," antwoordde hij. In de deuropening gaven ze elkaar een knuffel. Hij hield haar stevig vast, steviger dan hij eerder had gedaan. Ook hij wilde duidelijk genieten van dit laatste moment. Ze voelde zijn ademhaling in haar nek en wilde hem het liefst weer mee naar binnen trekken. Minutenlang stonden ze zo. Katja bewoog niet. Ze hield haar ogen gesloten en genoot, terwijl ze tegelijkertijd ook een enorme pijn van binnen voelde.

"Ik moet gaan," zei hij en hij liet haar los.

Ze wilde hem opnieuw vastpakken, maar ze wist dat het toch geen zin had. "Ik zal je missen," zei ze.

Hij reageerde er niet op, maar verliet het huis. Hij keek niet meer achterom. Zelf bleef ze wel kijken tot ze hem niet meer zag. Zuchtend deed ze de deur dicht. Ze kon hem ook niet meer zien bij de puppycursus, want die was afgelopen. Misschien kon ze hem eens toevallig tegenkomen als ze met Taz wandelde, maar daar wilde ze niet teveel op hopen. Zulke momenten zouden trouwens vooral ongemakkelijk zijn.

Ze keek naar Taz. "Je zult Felix niet meer zien," zei ze. Het dier hield zijn kop schuin, alsof hij begreep wat ze zei. "We moeten maar een stuk wandelen," besloot ze. Taz moest er toch uit en ze kon zelf ook wat frisse lucht gebruiken. Ze deed Taz aan de lijn en liep het huis uit, de manege af. Alleen met haar gedachten. Het was lang geleden dat ze zich zo vreselijk had gevoeld en dat beviel haar helemaal niet.

HOOFDSTUK 19

Het was stil in huis en dat merkte Taz duidelijk ook. Telkens wanneer hij ook maar iets hoorde, rende hij naar de deur en bleef hij een tijdje kwispelen. Katja zuchtte diep: "Ik vind het ook jammer dat hij niet komt," zei ze tegen de hond. Zelf keek ze geregeld op haar mobiel, in de hoop dat Felix haar toch een berichtje had gestuurd. Iets om te laten weten dat hij bij haar terug wilde en dat hij een grote fout had gemaakt. Natuurlijk kreeg ze niks. Ze stuurde hem ook geen sms'je, omdat ze wist dat het toch niets zou uithalen.

Vandaag hoefde ze niet te werken. Haar hoofd stond er helemaal niet naar en Ton en Debby begrepen dat best. Zij zouden haar werkzaamheden voor de dag overnemen. Katja vond het fijn dat ze zo begripvol waren, maar ze voelde zich ook wel zwak. Ze wilde zich helemaal niet laten kennen, maar de breuk tussen haar en Felix viel haar zwaar, ontzettend zwaar. Ze miste hem nu al. Ze had behalve haar oom en tante niemand laten weten dat het uit was. Ze wilde vooral met rust gelaten worden en ze had geen zin in de bekende 'gaat het wel?' vraag. Ton en Debby zouden het verder aan niemand vertellen, wist ze.

"Misschien moeten we naar buiten gaan," zei Katja. Nu ze al de halve dag binnen zat, merkte ze hoe ze gewend was aan de buitenlucht. Het zou voor Taz ook goed zijn om te kunnen rennen.

Ze deed de deur open en Taz rende al meteen naar buiten. Zelf sjokte ze naar buiten. De zon scheen en het was prachtig weer, maar ze merkte het amper op.

Iets verderop zag ze Bernard lopen. Hij bracht één van de paarden terug naar de stal. Ze dacht aan het gesprek dat ze weken terug met hem had gevoerd. Hij had ontkend dat hij iets met de roddels te maken had, maar hoe wist ze zeker dat hij de waarheid sprak? Misschien loog hij keihard tegen haar. Iemand had verkondigd dat Felix was vreemd gegaan. Was Bernard het geweest, omdat hij jaloers op hem was? Ze wilde het niet geloven, maar twijfelde toch. Misschien moest ze het er nog eens over hebben met hem. Ze liep verder en kwam Sabine tegen.

"Waar is je leuke vriend?" vroeg ze opgewekt.

"Hij zal wel aan het werk zijn," antwoordde Katja. Ze had geen zin om haar collega te vertellen wat er die dag ervoor was gebeurd.

"Komt hij vanavond?"

"Ik weet het niet." Ze liep snel verder. Ze had geen zin in meer vragen. Ze kende Sabine goed genoeg om te weten dat ze alles wilde weten zodra ze ook maar iets wist van haar breuk met Felix. Dat ging haar voorlopig niks aan. Al wist Katja ook wel dat ze het echt niet voor altijd voor zich kon houden. Nu was het echter nog te vers.

Katja dacht aan Sabine's vraag. Ze vond Felix leuk, maakte daar blijkbaar geen geheim van. En was het niet Sabine geweest die Felix had verteld dat zij moeilijk op te voeden was? Misschien moest ze toch eens met Sabine praten. Katja wilde weten wie dit op zijn of haar geweten had. Nu ze Felix kwijt was geraakt, wist ze dat ze alles op alles moest zetten om de waarheid te achterhalen. Vandaag niet, besloot ze. Vandaag had ze teveel last van haar emoties en leek een confrontatie of gesprek haar niet de beste oplossing.

"Ik vind het heel vervelend voor je," zei Debby tijdens het avondeten. Ze had aangeboden dat Katja bij hen kon eten en dat aanbod had ze dankbaar aangeboden.

"Ik voel vooral zoveel onbegrip," zei ze. "Felix is bij me weggegaan, omdat hij de roddels over hem niet meer trok."

"Kan hij zich daar niet overheen zetten?" vroeg Debby.

Katja schudde haar hoofd. "Misschien moet ik boos op hem zijn, omdat hij dat niet kan," zei ze. "Maar ik werd verliefd op hem omdat hij zo'n rustige en gevoelige man was. Ik kan hem dit niet kwalijk nemen."

"Het is ook niet makkelijk als mensen al een beeld van je vormen naar aanleiding van leugens," zei Ton.

Katja knikte. "Er zijn over mij vervelende dingen verteld, maar over hem zijn er nog meer roddels rondgegaan. Ik zou het ook niet leuk vinden als mensen dachten dat ik vreemd ben gegaan, terwijl daar niks van waar is."

"Heb je nooit aan hem getwijfeld?" vroeg Debby. "Door al die verhalen?"

"In het begin wel even," gaf ze toe. "Toen ik hoorde dat hij graag met vrouwen flirt, zag ik hem een paar keer met vrouwen praten."

"Maar dat stelde niks voor?"

Katja haalde haar schouders op. "Ik praat regelmatig met mannen," zei ze. "En er is vast een verklaring voor de keren dat hij met vrouwen in gesprek was."

"Dat heb je hem nooit gevraagd?" vroeg Debby.

"Waarom zou ik?"

Ton ging rechtop zitten en slikte zijn hap eten door. "Probeer je te suggereren dat Felix misschien toch niet helemaal zuiver was?"

vroeg hij aan Debby.

"Ik weet het niet," zei Debby. "Het is toch vreemd dat hij er meteen vandoor gaat wanneer deze verhalen rond gaan?"

Katja speelde met het eten op haar bord. Echt honger had ze niet. Ze begreep nu goed wat Felix gister had bedoeld. Mensen zouden hun eigen invulling maken en eigen conclusies trekken. Als Debby dat al deed, dan zouden de mensen op de manege dat zeker doen. "Ik begrijp waarom je dit denkt," zei ze. "Maar ik weet dat vreemdgaan niet bij Felix past. Hij was al hartstikke verlegen toen ik hem de eerste keer zoende. Ik geloof hem en ik merkte hoe moeilijk hij het vond om dit besluit gisteren te nemen."

"Ik wil je wel geloven," zei Debby. "Ik hoop dat je gelijk hebt, want ik zou het vreselijk vinden als hij je heeft belazerd."

"Wat wil je nu doen?" vroeg Ton. "Je erbij neerleggen dat het uit is?"

Ze schudde haar hoofd. "Ik kan het niet accepteren," zei ze. "Ik weet alleen dat hij niet terug zal komen zolang er geroddeld wordt over hem. Ik wil erachter komen waar deze roddels ontstaan."

"Mensen praten nou eenmaal over elkaar," zei Ton.

"Klopt," zei Katja. "Maar dit lijkt wel gericht op ons – of misschien zelfs op hem – te zijn. Ik heb het idee dat iemand ons bewust uit elkaar probeert te drijven."

"Hoe wil je de dader vinden?" vroeg Debby.

"Als ik dat toch eens wist." Katja zuchtte diep. "Er zijn op het moment twee mensen die ik verdenk."

"Wie?"

"Bernard en Sabine," antwoordde ze. "Ik heb Bernard al eens aangesproken en hij wist van niks. Ik weet nu niet of ik het wel moet geloven. Hij heeft al jaren een oogje op me, dus hij heeft een goede reden om Felix zwart te maken."

"En waarom verdenk je Sabine?"

"Het is een gevoel," zei Katja. "Ze heeft Felix verteld dat ik moeilijk op te voeden was vroeger. Ze maakt er ook geen geheim van dat ze Felix erg aantrekkelijk vindt."

"Het kan ook iemand anders zijn," opperde Ton.

"Ik weet het," zei Katja. "Ik wil ze ook niet meteen confronteren. Ik heb geen enkel bewijs. Alleen vermoedens."

"Wij zullen wel een oogje in het zeil houden," beloofde Debby. "Als we iets horen, laten we het je horen."

"Dat vind ik heel fijn," zei Katja. "Ik hoop dat het me zo meer duidelijkheid zal geven, maar ik ben bang dat ik er nooit achter zal komen waar alles is begonnen."

"Daar moet je wel rekening mee houden," knikte Debby. "Er komen hier zo veel mensen, zie de bron dan maar te vinden."

Katja wist het wel, maar tegelijkertijd zou ze ook geen rust kennen tot ze wist wie dit op zijn geweten had. En misschien zou ze later deze week toch nog eens bij Felix langsgaan om het nog eens over de situatie te hebben. Ze wilde het niet bij die ene laatste knuffel bij de deur houden. Het einde mocht er nog niet zijn, dat kon ze niet accepteren.

HOOFDSTUK 20

Katja vond het toch belangrijk om niet te lang weg te blijven van de werkvloer. Ze had er al een hekel aan wanneer ze ziek was. En hoewel ze nog steeds niet echt met haar gedachten bij het werk was, wilde ze toch wel weer wat doen. En zolang ze bezig was, hoefde ze ook niet zo veel te piekeren over de hele situatie. Debby had gezegd dat Katja best nog een dagje vrij mocht, maar dat wilde ze zelf niet.

Het werk ging vandaag niet erg snel. Alles ging mis wat maar mis kon gaan. Ze liep tegen het handvat van de kruiwagen op, haar schep viel een paar keer om en ze kreeg één van de stallen niet open. Haar humeur werd er niet beter op.. Toen ze ook nog eens tegen Bernard aanliep, was ze er helemaal klaar mee.

"Kun je niet uitkijken?" snauwde ze.

"Wow," zei Bernard. 'Wat is er aan de hand?'

"Weet je het dan nog niet?" vroeg Katja. "Heb je het niet in het hele roddelcircuit gehoord?"

Hij keek haar verbaasd aan. "Zijn er nog meer roddels? Ben je daarom zo opvliegerig?"

Wist het hij nou echt niet of was hij een heel goede acteur? "Het is uit tussen Felix en mij," zei ze. "Omdat iemand het nodig vond een hoop onzin te verspreiden."

"Wat vreselijk," zei hij. "Gaat het wel?"

Zijn woorden drongen amper tot haar door. "Dat vind je vast heel leuk om te horen," zei ze. "Nu ben ik weer beschikbaar."

Bernard trok zijn wenkbrauwen op. "Denk je nog steeds dat ik die roddels heb verspreid?" vroeg hij. "Ik heb er niks mee te maken."

"Wie heeft er anders baat bij om te vertellen dat Felix vreemd gaat?" vroeg Katja kwaad. "Jij vindt me leuk. Een perfecte reden, lijkt me."

"Ik vind je inderdaad leuk," zei Bernard. "Ik heb het er heel moeilijk mee gehad dat je me in de friendzone hebt gezet."

"De... wat?"

"De friendzone," herhaalde hij. "Zo noemen ze dat wanneer iemand die jij leuk vindt jou alleen als goede vriend ziet."

Daar had ze nog nooit van gehoord, maar Bernard kwam wel vaker met termen die ze niet kende. "Ik snap dat je dat niet leuk vond, maar dat is nog geen reden om mijn relatie kapot te willen maken."

"Ik heb je relatie niet kapot gemaakt," zei Bernard. "Natuurlijk doet het pijn als je wordt afgewezen, maar ik ben verder gegaan met mijn leven."

"Ik kon het aan je zien dat je het niet leuk vond als ik samen met Felix over het terrein liep."

"Klopt," zei Bernard. "Ik was ook best jaloers, maar het is nooit in me opgekomen om iets over Felix of jou te vertellen."

"Als jij het niet bent, dan is er iemand anders die iets tegen ons heeft," zei Katja. "Ik zou niet weten wie ons uit elkaar wil drijven."

"Er zijn de laatste tijd inderdaad wel heel veel roddels over jullie," zei Bernard. "Dat viel me ook al op. Denk je dat het echt op jullie specifiek is gericht?"

"Waarom zou iemand anders vertellen dat Felix vreemd gaat, en dat hij één van de paarden hier pijn heeft gedaan? Dat zijn behoorlijke beschuldigingen. Je kan mij niet wijsmaken dat iemand dat zonder reden de wereld in heeft geholpen."

"Misschien zijn het geen leugens," opperde Bernard.

Dat was al de tweede die zoiets zei. Katja wilde er niet eens op reageren. Ze hoopte dat ze op een dag kon zeggen 'zie je wel' tegen iedereen die haar niet geloofde. En ze hoopte ook dat ze niet naïef was en dat de verhalen toch waar bleken te zijn.

"Ik heb niks gedaan," zei Bernard, toen Katja niet reageerde op zijn eerdere opmerking. "Het zou fijn zijn als je me geloofde."

Katja haalde haar schouders op. "Ik weet niet goed meer wat ik moet denken," zei ze eerlijk. "Het spijt me als ik ongelijk heb, maar ik houd je wel in de gaten."

"Dat mag," zei hij. "Ik heb namelijk niks te verbergen."

Ze wilde hem geloven, heel erg graag. Maar was ze dan niet te naïef? "Ik hoop dat je gelijk hebt," zei ze. "Ik wil geen enkel risico nemen."

Na die woorden liep ze weg. Ze kon Sabine ook nog aanspreken, maar besloot het nog even niet te doen. Bernard was nu – buiten Ton en Debby om – de enige die wist dat ze weer vrijgezel was. Als ze veranderingen opmerkte in de roddels, dan kon dat wel eens een teken zijn dat Bernard er toch iets mee te maken had. Ze wilde het eens goed in de gaten houden.

Later die dag besloot Katja om een bericht naar Felix te sturen. Ze wist dat het allemaal nog erg vers was, maar ze hoopte dat hij het toch nog een kans wilde geven. Toen ze hem online zag staan op Facebook, kon ze zich gewoonweg niet inhouden en stuurde ze:

"Hey, sta je nog steeds achter je besluit?"

Ze kreeg geen antwoord. Tien minuten later ging hij zelfs offline. Had hij haar bericht niet ontvangen of wilde hij niet reageren? Katja merkte dat ze nerveus werd van deze reactie. En dat was een gevoel waar ze helemaal geen ervaring mee had. Nog nooit eerder had ze zich druk gemaakt om dit soort dingen.

Ze was zo bang dat ze Felix voor altijd kwijt zou raken en elke dag dat ze hem niet zag, voelde als een groter gat tussen hen.

Ze dacht aan de eerste keer toen ze hem zag. Ze vond hem meteen leuk toen ze hem in het veld zag staan. En die gevoelens waren alleen maar sterker en sterker geworden. Ze begreep heel goed waarom hij het allemaal niet aankon, maar wat miste ze hem toch. De blos op zijn wangen als ze hem verlegen maakte, zijn armen om haar heen, zijn stem. Alles.

Huilen deed ze niet. Dat kon ze niet en ze vond ook dat ze er niets mee opschoot. Toch wist ze dat ze zich dit keer wellicht ietsjes beter voelde als ze het wel zou kunnen. Een flinke huilbui kon wel eens zorgen voor wat opluchting.

Ze ging op de bank liggen en haalde nog eens diep adem. Hoe kon ze deze situatie oplossen? Waarschijnlijk moest ze Felix maar zien te vergeten. Hij had zijn ding bij de hondenschool en zij had hier haar zaken op de manege. De hondenschool... ze ging weer rechtop zitten. Misschien moest ze zich toch maar aanmelden voor de jonge hondencursus. Ze wist dat Felix deze lessen niet gaf, maar misschien had ze dan tenminste nog een kans om hem een paar keer te zien. En trouwens, voor Taz was zo'n cursus ook erg leuk. Ze opende de site van de hondenschool en vulde het aanmeldformulier in. Zo, dát had ze tenminste gedaan!

HOOFDSTUK 21

"Ik heb Felix al een paar dagen niet gezien," zei Sabine in de kantine tegen Katja. "Hoe kan dat?" Er was net een wedstrijd geweest en het was best druk in de kantine. Marianne was constant in de weer om iedereen zo snel mogelijk te helpen. Wanneer ze even niets te doen had, praatte ze met Bernard, die op een barkruk bij de bar zat. Ook hij was bij de wedstrijd geweest, omdat leerlingen uit zijn groepen mee hadden gedaan. Zelden was het zo druk, maar het had ook wel iets sfeervols.

Katja keek Sabine argwanend aan. "Hij is druk," zei ze alleen maar. Het leek haar nog steeds beter om niet teveel te vertellen over de situatie waar ze nu in zat.

"Hij heeft toch geen ander?" vroeg Sabine. "Druk zijn is altijd een smoes, zodat een man gemakkelijk met iemand anders op pad kan gaan."

"Zoiets doet Felix niet." Ze vond het niet leuk dat ze hem alweer moest verdedigen. Ze kon goed begrijpen waarom hij de vele roddels zo ontzettend moeilijk vond. Hij was al gevoelig en trok zich dit soort dingen veel sneller aan.

Sabine nam een slok van haar koffie. "Dat hoop ik voor je," zei ze. "Zulke verhalen komen meestal niet zomaar aanwaaien."

Katja reageerde niet. Ze had er geen zin in om Sabine te overtuigen. Dat zou waarschijnlijk niet eens lukken. Sabine had allang bedacht wat de waarheid was en zou daar niet snel van afwijken. En als ze degene was die de roddels had veroorzaakt, dan zou ze ook niet zomaar een andere mening krijgen.

"Felix is een ontzettend lekker ding," zei Sabine nu. "Hij kan iedereen krijgen die hij wil, dus ik zou me daar persoonlijk wel zorgen om maken."

Katja trok haar wenkbrauwen op. "Waarom doe je dit?"

"Wat doe ik?"

Katja haalde diep adem. "Je vertelt me constant dat ik hem niet moet vertrouwen," zei ze. "En je blijft ook maar herhalen hoe knap je hem vindt. Ik wil weten waarom je dat doet."

"Hij ís toch ook heel knap?" vroeg Sabine, alsof dat alles verklaarde.

"Waarom maak je hem zwart?" Katja keek haar strak aan, omdat ze wilde zien hoe de vrouw tegenover haar reageerde.

"Ik zeg alleen wat ik hoor," zei Sabine en ze haalde haar schouders op. "Ik zou dat toch willen weten als het over mijn vriend ging. Ik kan niet begrijpen hoe je er zo kalm en koel over kunt denken."

"Ik weet wat je gehoord hebt," zei Katja. "Maar het is niet waar en dat heb ik je al vaker gezegd. Het is heel vervelend om mezelf constant te moeten herhalen."

"Hoe weet je zeker dat het niet waar is?" vroeg Sabine. "Je kunt het nooit zeker weten."

Katja zuchtte. Waarom begreep Sabine nou niet wat ze bedoelde? Of deed ze maar alsof ze het niet begreep? Hield ze zich een beetje van de domme en duwde ze Katja steeds dieper in het nauw.

"Je kunt het toch beter controleren?" zei Sabine. "Het zekere voor het onzekere nemen? Je hebt er geen bewijs van dat hij niet vreemdgaat."

"Jij hebt ook geen bewijs dat hij wel vreemdgaat," reageerde Katja.

Sabine zweeg even en beet nadenkend op haar lip. "Ik heb inderdaad geen bewijs," zei ze. "Ik vind het echter wel opmerkelijk dat iedereen het zegt. Dan moet er toch een kern van waarheid in zitten?"

Katja zuchtte demonstratief, omdat ze daarmee hopelijk duidelijk liet weten hoe ze erover dacht.

"Je kunt jezelf de pijn besparen," adviseerde Sabine nu, alsof ze Katja's irritaties niet eens opmerkte. "Het is veel pijnlijker als je hem blindelings vertrouwt en er dan achter komt dat hij nog een vriendin heeft."

"Hij heeft geen andere vriendin."

Sabine zette haar koffiekopje neer. "Ik vind dat best een naïeve gedachte."

Katja begon boos te worden. "Noem je me naïef?" vroeg ze. "Ik vind het naïef om zomaar alle roddels te geloven die je hoort. Of ben jij degene die al deze verhalen de wereld in heeft geholpen?" Ze had niet in de gaten dat ze harder was gaan praten. Ze merkte ook niet dat enkele mensen in de kantine verbaasd opkeken.

"Wat?" vroeg Sabine. "Wat is dat voor een absurd verwijt?"

"Is het zo absurd om te denken dat je er wellicht iets mee te maken hebt?" vroeg Katja spottend.

"Ik begrijp werkelijk niet waarom je zo heftig reageert," zei Sabine. "Ik probeerde je alleen maar te waarschuwen. Je kunt maar beter voorbereid zijn op het ergste, toch?"

Katja sloeg kwaad met haar hand op de tafel. "Houd hier nou eens mee op!" riep ze. "Felix gaat niet vreemd! En ik ben niet naïef omdat ik hem vertrouw!"

"Het spijt me." Het klonk niet alsof Sabine het meende. "Er is geen reden om zo opgefokt te reageren. Ik bedoelde het niet verkeerd."

"Dat zal wel." Katja sloeg haar armen over elkaar en keek de andere kant op. Ze had helemaal geen zin om hier nog langer over te praten met Sabine. Ze zou alleen maar kwader worden en daar had ze al helemaal geen zin in.

"Uit je frustraties maar ergens anders." Sabine stond op en liep weg.

Nu pas was Katja zich bewust van haar omgeving. Ze zag dat de mensen in de kantine haar stomverbaasd aankeken.

Het maakte haar weinig uit wat de rest dacht. Ze was er helemaal klaar mee, zoals Sabine telkens tegen haar deed. Was het nou echt zo moeilijk om gewoon eens te luisteren wanneer iemand iets zei? Moest ze zichzelf werkelijk constant herhalen?

"Gaat het wel?" Bernard stond bij haar. Ze had hem niet aan zien komen.

"Nee," zei ze nors.

"Het klonk best heftig," zei hij. "Is zij degene die de roddels heeft veroorzaakt?"

Katja keek op. "Ik weet het niet," zei ze. Waarom vroeg hij dit? Was hij zelf de schuldige en wilde hij de aandacht op iemand anders richten? Of was hij oprecht?

"Ze heeft wel regelmatig laten vallen dat ze Felix aantrekkelijk vindt," zei Bernard. "Ze heeft een motief."

Katja zuchtte diep. "Ze heeft een ijzersterk motief," was ze het met hem eens. "Maar dat heb jij ook."

"Hoe reageerde ze toen ze hoorde dat het uit is tussen jullie?"

"Ik heb het haar niet gezegd."

"Waarom niet?"

Ze gaf geen antwoord, maar nam een slok van haar drinken. Wat moest ze zeggen? Dat ze hem wilde controleren om te kijken of meer mensen wisten dat het uit was? Niet verstandig. Daarom zei ze: "Het ging haar niets aan."

"Daar heb je ook wel gelijk in," zei Bernard.

"Ik ben die praatjes onderling meer dan zat," zei ze. "Al dat geroddel. Ik trek het niet meer."

"Heb je het nieuwste verhaal over jou al gehoord?"

Ze haalde diep adem. "Nee," zie ze. "En ik wil het niet weten." Ze keek hem boos aan.

"Je schijnt zwanger te zijn."

Ze keek hem stomverbaasd aan. "Het zou fijn zijn als je ophoudt om al die onzin te verkondigen," zei ze. Ze sprak de woorden kalm en bedeesd uit, maar van binnen kookte ze van woede.

"Ik heb het niet..."

"Vast niet." Haar sarcastische toon was niet te missen.

"Maar..."

"Ik vind het niet leuk meer!" zei ze. "Als je denkt dat ik hierdoor wel verliefd op je word, dan heb je het mooi mis!" Ze stond op. "Ik moet aan het werk." Ze liep de kantine uit en merkte dat de mensen haar nakeken.

Het maakte haar niks uit. Iedereen praatte toch al over haar. Nu hadden ze pas iets om met elkaar over te praten. Katja, die altijd zo professioneel was, was woedend geweest. Ja, dat was vast een prachtig verhaal om te verkondigen.

Ze keek niet meer achterom. Vandaag was een slechte dag. Misschien moest ze Felix nog eens proberen te bereiken, maar ze durfde niet goed. Als hij niet reageerde leek de dag helemaal rampzalig. Dat kon ze vandaag niet aan.

Misschien moest ze hem ook maar even de rust gunnen die hij graag wilde. Hopelijk zou hij snel van gedachten veranderen, maar ze was bang dat hij bij zijn standpunt zou blijven.

HOOFDSTUK 22

Er ging een zucht van opluchting door Katja toen ze Marjolein op de manege zag staan. Ze had haar beste vriendin alweer een tijd niet gezien en ze kon niet wachten om alle laatste gebeurtenissen te vertellen. Marjolein wist nog niet eens dat het uit was tussen Felix en haar!

Ze was aan het schoonmaken in de stal van Lucy toen ze Marjolein buiten zag staan. Ze wilde er net heenlopen, toen ze Sabine naar Marjolein zag lopen. He bah, daar had ze nou helemaal geen zin in. Nu kon ze nog niet bijpraten met haar vriendin. Sabine zou zich er natuurlijk meteen weer mee bemoeien.

"Hoe gaat het?" vroeg Sabine.

"Goed! Ik ga straks een stuk rijden met Otto. Het is vandaag heerlijk weer, dus ik wil van het zonnetje genieten."

"Groot gelijk heb je."

Dat vond Katja fijn om te horen, ze kon mooi meegaan met Marjolein. De laatste tijd hadden ze dat sowieso al veel te weinig gedaan. Ze wilde naar buiten lopen, maar toen hoorde ze Marjolein zeggen: "Heb je gehoord dat Felix de hond van Katja helemaal niet leuk vindt, en haar zelfs heeft gevraagd om Taz weg te doen?"

"Wat?" reageerde Sabine. "Daar kan ik me nou niks bij voorstellen."

Katja stond aan de grond genageld.

"Het is echt waar," zei Marjolein. "Katja vertelde het me zelf. Ik snap niet dat hij zoiets van haar eist, dat kan toch niet?"

"Ik ken Felix niet goed, maar hij lijkt dol te zijn op Taz. Weet je zeker dat je het goed hebt begrepen."

"Natuurlijk weet ik het zeker," zei Marjolein. "Ik ben haar beste vriendin. We hebben het er uitgebreid over gehad. Ik vond het net zo'n vreemd verhaal als jij, omdat ik het ook niet bij Felix vond passen."

Hoorde Katja dit nou goed? Waar haalde Marjolein dit vandaan?

"Ik denk dat het weer één van die roddels is," zei Sabine. "Er wordt de laatste tijd best veel over Felix en Katja verteld."

"Ze heeft het me zelf gezegd," zei Marjolein. "Ik zou zoiets toch zeker niet verzinnen? Ze zit er enorm mee dat ze Taz moet opgeven voor haar relatie."

"Wat vervelend zeg," zei Sabine. "Ik kan me voorstellen dat Katja daar erg mee zit."

Katja wist dat ze in actie moest komen. Ze liep de stal uit en vroeg quasi opgewekt: "Waar zit ik mee?"

Marjolein en Sabine keken geschrokken op. "Niks," mompelde Sabine. "Ik moet naar mijn les." Ze ging weg zonder nog iets te zegen. Ze had duidelijk de gespannen sfeer gevoeld zodra Katja zich had laten zien.

Katja keek Marjolein aan. "Waar ben je mee bezig?" vroeg ze.

"Ik? Waar heb je het over?"

"Ik hoorde wat je net tegen Sabine zei." Katja wist niet goed wat ze moest denken of voelen. Ze was leeg van binnen. Ze hoopte ergens dat ze het verkeerd had begrepen, maar het was overduidelijk: Marjolein had zojuist een leugen over haar verteld aan Sabine. Had ze nog meer op haar geweten?

"Ik begrijp niet wat je bedoelt," zei Marjolein. "We waren alleen maar aan het praten. Waarom kijk je me zo boos aan?"

Katja bleef haar aankijken. Ze wilde weten hoe haar vriendin zou reageren. "Omdat jij net tegen haar hebt gezegd dat ik Taz weg moet doen van Felix."

"Dat vertelde Sabine me," probeerde Marjolein er nog onderuit te komen.

Katja schudde haar hoofd. "Ik hoorde je zeggen dat wij het er heel uitgebreid over hebben gehad," zei ze. "Heb je nog meer van dit soort verhalen rondverteld?"

Marjolein schudde heftig haar hoofd. "Natuurlijk niet! Ik ben toch je beste vriendin?"

Was ze dat inderdaad? Katja was er niet meer zo zeker van. Ze keek haar vriendin onderzoekend aan. "Waarom doe je dit?" vroeg ze.

"Ik heb niks gedaan." Marjolein's hoofd werd steeds roder.

Katja begon boos te worden. "Waarom ontken je het?" vroeg ze.

Marjolein haalde haar schouders op. "Je overdrijft," vond ze. "Je hebt het vast niet goed begrepen."

"Ik hoorde precies wat je zei," zei Katja. "Ik stond in de stal en ik kon je woord voor woord horen. Je bent me aan het zwart maken."

"Jou niet."

"Nee, nu maakte je Felix zwart." Katja sloeg haar armen over elkaar. "Terwijl je hem niet eens kent. Waar haal je het lef vandaan?"

"Beschuldig je me nu van het verspreiden van roddels?" vroeg Marjolein. "Je ziet het helemaal verkeerd."

"Waarom zei je dan tegen Sabine dat je uitgebreid met me had gepraat over Felix?" Katja keek haar beste vriendin doordringend aan. "Ik kan me zo'n gesprek niet herinneren."

Marjolein keek de andere kant op. "Dat heb ik niet gezegd."

Hier had Katja geen zin meer in. "Dan niet," mompelde ze. Ze draaide zich om en liep weg. Als ze ergens geen zin in had, dan was het wel een flinke discussie voeren op het terrein. Ze wist heel goed wat ze had gehoord en als Marjolein dat bleef ontkennen, dan had een discussie geen zin.

Ze haalde diep adem toen ze de kruiwagen pakte. Ze begreep er niks van. Waarom had Marjolein dit gedaan? Zat zij ook achter alle andere roddels? Katja wilde het niet geloven, maar nu ze dit gesprek had gehoord, wist ze dat het maar zo de waarheid kon zijn. Zin in werken had ze niet meer, maar ze moest nog even volhouden. Nog even en dan kon ze naar huis.

Taz merkte duidelijk dat het niet goed ging met Katja. Ze had nog niet eerder meegemaakt dat hij zo dicht bij haar in de buurt bleef. Taz liep altijd wel achter haar aan, maar dit keer merkte ze dat het anders was. Het leek erop alsof hij haar wilde troosten. Als ze op de bank zat, dan legde hij zijn kop op haar voet en keek haar aan. Zijn vriendelijke ogen leken vol medelijden te staan. Dankzij de hond voelde Katja zich toch een stuk minder alleen.

Nu ze Felix kwijt was geraakt en niet meer wist in hoeverre ze Marjolein kon vertrouwen, voelde ze zich eenzamer dan ooit. Zelfs toen ze nog opgroeide bij haar moeder had ze zich niet zo alleen gevoeld als nu. Dit keer was ze mensen kwijtgeraakt en ze wist niet meer hoe ze uit de put kon komen.

Het was niks voor haar om zich zo druk te maken, maar de gebeurtenissen van de afgelopen weken zorgden ervoor dat ze opeens een stuk minder zeker was van zichzelf. Daar baalde ze van. Opeens leek ze over alles te twijfelen. En vooral over Felix. Moest ze hem opnieuw proberen te bellen? Of misschien contact met hem opnemen via Facebook? Dat was wellicht een goed idee. Dan hoefde hij niet direct te reageren, maar kon hij even nadenken over het antwoord.

Ze startte haar laptop op en opende Facebook. Het duurde even tot ze het bericht had geschreven. Normaal dacht ze nooit over dit soort dingen na, maar nu wilde ze dat ze niet opdringerig overkwam, maar tegelijkertijd ook duidelijk aangaf dat ze hem miste. Uiteindelijk schreef ze:

Lieve Felix,

Ik begrijp heel goed dat je de roddels hier op de manege niet aankon. Het ging te ver en ik baal er ook van dat het zo heeft moeten lopen. Ik begrijp je beslissing om het uit te maken met me. Toch mis ik je enorm. Ik zou het fijn vinden om een keer samen te praten over de situatie. Misschien kan ik eens naar jouw huis komen? Je hoeft je geen zorgen te maken, ik zal mezelf niet opdringen. Ik wil alleen praten.

Liefs,
Katja.

Ze wist niet of het een goed bericht was, maar beter kon ze het niet maken. Ze verstuurde het privébericht en wist dat het nu een kwestie was van wachten. Ze zou hem voorlopig ook niet bellen, want dan drong ze zichzelf juist wel op. Hij had tijd nodig, dat moest ze accepteren. Hoe moeilijk dat ook was.

Ze dacht terug aan Marjolein. Was haar vriendin werkelijk degene die achter de roddels had gezeten? Het was in ieder geval Marjolein geweest die Sabine probeerde te overtuigen van een leugen. Dat deed Katja al erg veel pijn, maar het idee dat alle roddels van haar vriendin kwamen zorgde ervoor dat ze van binnen brak. Was het niet Marjolein geweest die tijdens de buitenrit had gezegd dat Felix een flirt was? Ze zei toen dat ze het van iemand anders had gehoord, maar Katja betwijfelde of dat de waarheid was. En zolang Marjolein al ontkende dat ze tegen Sabine had gelogen, was een gesprek natuurlijk ook niet mogelijk.

Katja zuchtte diep. Ze keek naar Taz, die nog steeds bij haar voeten lag. Het dier keek niet naar haar, maar naar de voordeur. Alsof hij wachtte op het moment dat Felix door die deur naar binnen zou komen. Misschien was dat ook wel zo. "Ik wacht ook op hem," zei Katja zacht tegen de hond.

HOOFDSTUK 23

Ze kon niet te lang depressief in haar woning zitten. Katja wist dat het tijd was om actie te ondernemen. Met zelfmedelijden kwam je immers nergens, dat had ze ondertussen wel geleerd. Ze moest weten hoe het zat met Marjolein en daarom liep ze die dag naar Sabine. Ze had nog eventjes, want over een halfuur moest haar collega zich al klaarmaken voor de les. Het was een geluk dat Sabine altijd vroeg aanwezig was. Dit vond Katja te belangrijk om langer te laten wachten.

"Kan ik je even spreken?" vroeg Katja, toen ze Sabine in de kantine zag zitten.

"Gaat het over gister?" vroeg Sabine.

"Inderdaad."

Sabine zuchtte even. "Ik hoop niet dat je denkt dat ik er iets mee te maken heb," zei ze. "Ik weet niet precies wat je hebt gehoord, maar het was Marjolein die mij iets over jou vertelde."

Katja knikte. "Dat heb ik gehoord," zei ze. "Ik hoorde ook dat jij dacht dat het een roddel over me was."

Sabine haalde opgelucht adem. "Was het niet waar, wat Marjolein zei?"

Katja schudde haar hoofd. "Er klopt helemaal niks van."

"Wat vreemd," vond Sabine. "Ze zei dat ze het er met jou over had gehad."

"Ik weet niet waarom ze dat deed," zei Katja. "Maar ik heb het vermoeden dat ze meerdere verhalen heeft verteld. Weet jij daar iets van?"

Sabine leek even na te denken. "Ik weet het niet zeker," zei ze.

"Ik geloof dat ze me wel heeft verteld dat Felix één van de paarden pijn heeft gedaan."

Katja zuchtte diep. "Daar was ik al bang voor," zei ze. "Het lijkt er haast op dat Marjolein al deze roddels de wereld in heeft geholpen."

"Waarom zou ze dat doen?"

Katja wist het niet. Ze wilde dat ze er een antwoord op had. "Ik ga ook eens met anderen praten hier," zei ze. "Misschien kom ik dan meer te weten."

"Succes!"

Katja voegde de daad bij het woord. Ze sprak met vrijwel iedereen die ze tegenkwam. Ze liet niet weten dat ze al een vermoeden had wie de roddels had veroorzaakt, maar wilde vooral weten van wie iedereen het had gehoord. Het was een flinke puzzeltocht, want er werden meerdere namen genoemd. Het viel Katja echter wel op dat er maar twee namen waren die constant naar voren kwamen. Die van Sabine en die van Marjolein. Sabine was natuurlijk niet de veroorzaker, dat wist Katja al. Ze wist echter ook dat Sabine dol was op kletsen en het verbaasde haar niks dat de naam vaak werd genoemd. Dat Marjolein geregeld werd genoemd verbaasde haar eigenlijk ook niets. Het was voornamelijk een bevestiging voor Katja. Ze wist dat ze het bij het juiste eind had en deze bevestiging had ze nodig gehad.

Als laatste liep ze naar Bernard. Het voelde alsof haar schoenen vol lood zaten. Op de één of andere manier vond ze het moeilijk om met hem te praten. Ze had hem openlijk beschuldigd en daar had ze nu spijt van. Ze had te overhaaste conclusies getrokken. Hoe had ze zo stom kunnen zijn om Bernard te verdenken? Hij had een hart van goud, dat wist ze zelf toch ook wel?

Ze had al gehoord dat hij in de kantine was en ze was blij te zien dat hij alleen aan een tafeltje zat.

"Ik wil even met je praten," zei ze.

"Natuurlijk." Hij glimlachte vriendelijk. Hoe was het toch mogelijk dat hij het haar niet eens kwalijk nam dat ze hem vals had beschuldigd. Ze begreep er helemaal niks van.

"Ik zit met de roddels in mijn maag," zei ze. "Ik heb je hulp nodig. Zou je mij de namen kunnen geven van de mensen die jou roddels hebben verteld?"

Hij fronste even. "Denk je er iets mee op te kunnen schieten?" voeg hij.

"Ik hoop het."

"Ik vind het moeilijk om namen te geven," zei hij. "Het zijn veel roddels geweest en sommige zijn alweer een poos geleden."

"Alle hulp is welkom," zei ze. "Ik heb ook al met anderen hier gesproken. Elke naam die je me kunt geven zou me kunnen helpen."

Hij dacht even na. "Ik heb sowieso iets gehoord van Linda. En van Maggie." Hij zweeg een tijdje. "En ik geloof dat Marjolein me ook iets heeft verteld. Ik weet alleen niet meer wat."

"Bedankt.".

"Heb ik je kunnen helpen?"

Ze knikte en ging tegenover hem zitten. "Ik moet je mijn excuses aanbieden," zei ze.

Hij keek haar verbaasd aan. "Waarom?" vroeg hij.

"Ik heb je vals beschuldigd," zei ze. "Dat had ik niet moeten doen. Het was niet eerlijk van me."

Bernard haalde zijn schouders op. "Ik begrijp waarom je het deed," zei hij. "Ik zou in jouw geval hetzelfde hebben gedacht."

"Toch spijt het me," zei ze. "Ik wilde niet eens naar je luisteren."

"Het geeft niet."

Ze was blij dat ze die woorden uit zijn mond hoorde en ze haalde dan ook opgelucht adem.

"Kon je iets met de namen die ik heb gegeven?" vroeg hij.

Katja knikte. Ze vertelde wat ze de dag ervoor had gehoord en hoe ze vandaag iedereen had uitgehoord. De naam Marjolein was zo vaak naar boven gekomen, dat het geen toeval meer kon zijn.

"Marjolein?" vroeg Bernard verbaasd. "Jullie zijn toch hartsvriendinnen?"

"Inderdaad," zei ze. "Ik ben net zo verrast als jij. Ik had nooit gedacht dat zij zoiets zou doen."

"Waarom heeft ze die roddels verspreid?" vroeg Bernard.

"Ik heb geen idee."

"Weet je wel zeker dat zij het heeft gedaan?"

Ze knikte. "Na wat ik heb gehoord is er geen twijfel over mogelijk."

Ze zwegen allebei even. Katja keek naar wat mensen in de kantine, die met elkaar aan het praten waren. Ze hadden het over de paardrijles die ze net met Bernard hadden gehad en waar ze zichzelf in konden verbeteren.

"Wat ga je nu doen?" vroeg Bernard. "Haar ermee confronteren?"

"Ik denk het wel," antwoordde Katja. "Ik heb gister al geprobeerd met haar te praten, maar ze ontkende alles. Ik ben uiteindelijk kwaad weggelopen."

"Klinkt heftig," zei hij. "Hoe wil je het aanpakken als je haar ermee confronteert?"

"Dat zie ik nog wel," zei ze. "Ik denk niet dat je zoiets vooraf kunt inplannen. Veel is natuurlijk ook afhankelijk van haar reactie."

"Jou kennende zal je het haar niet gemakkelijk maken."

Dat was ze inderdaad niet van plan. Ze had recht op de waarheid en ze wilde weten waarom Marjolein dit had gedaan. Ontkennen was geen optie, dat wist ze al wel. Ze had er helemaal geen zin in, maar dit was wel iets dat ze moest doen. En ze zou niet rusten tot ze duidelijkheid kreeg van Marjolein.

"Wil je wat te drinken?" vroeg Bernard.

"Graag. Een cola."

Bernard stond op en liep naar Marianne om te bestellen. Niet veel later kwam hij terug met het drinken. "Hoe gaat het nu met Felix?" informeerde hij. "Je zei dat het uit is?"

"Hij heeft het uitgemaakt, ja," antwoordde ze.

"Gaat het wel met je dan?"

"Ik begrijp zijn keuze, maar ik mis hem wel."

Bernard keek haar onderzoekend aan. "Misschien moet je hem uitleggen dat Marjolein achter de roddels zit."

"Dat was ik inderdaad van plan," zei Katja. "Ik wil alleen eerst met Marjolein praten. Ik wil Felix geen valse hoop geven. Er bestaat natuurlijk altijd nog een kans dat ik het toch mis heb." Daar ging ze eigenlijk niet vanuit. Ze wist diep van binnen allang dat het Marjolein was die haar zo had verraden.

De vraag was alleen… Waarom?

HOOFDSTUK 24

Katja voelde zich ongemakkelijk toen ze uit haar auto stapte en naar het huis van Marjolein liep. Daar baalde ze van. Ze voelde zich eigenlijk nooit ongemakkelijk, dus waarom nu opeens wel? Ze wist het antwoord wel. Deze keer moest ze een confrontatie aangaan waar ze eigenlijk helemaal geen zin in had. Ze had dit gesprek zelfs al een paar dagen uitgesteld. Toch moest het gebeuren, want ze wilde weten waarom Marjolein dit had gedaan.

Die ochtend had ze Felix nog eens proberen te bellen, maar er was geen reactie op gekomen. Het deed haar pijn dat hij niet eens met haar wilde praten en ze besefte nu pas dat ze hem voor altijd kwijt was. Daar wilde ze liever niet aan denken, maar toch wist ze dat ze realistisch moest blijven. Felix was duidelijk geweest.

Ze drukte op de deurbel en haalde diep adem. Dit was het moeilijkste bezoek dat ze ooit had gehad. Wat als Marjolein niet thuis was? Dan had ze zich zorgen gemaakt om niks. Daar had ze al helemaal geen zin in, want als Marjolein er nu niet was, dan moest ze op een later moment terugkomen en opnieuw in deze spanning zitten. Tot haar opluchting hoorde ze echter geluiden in huis en niet veel later ging de deur open.

"Hey!" zei Marjolein. "Wat een verrassing. Ik had je niet verwacht!"

Katja vond het vreemd dat ze zo enthousiast reageerde. Het leek erop alsof ze er van overtuigd was dat Katja van niks wist. "Mag ik even binnenkomen?" vroeg ze. "Ik wil met je praten."

Het gezicht van haar vriendin betrok. "Natuurlijk," zei ze. Ze hield de deur voor Katja open. "Het is wel een rommel, hoor."

Wanneer Marjolein zei dat het een zooi was, viel dat meestal wel mee. Ook nu was dat het geval. Katja zag een paar kopjes op het aanrecht staan en op de salontafel lag een stapeltje ongeopende post.

"Wil je iets drinken?"

Katja schudde haar hoofd. Ze wilde niet gezellig aan de koffie of de thee. Dit gesprek was alles behalve gezellig. Ze ging op de bank zitten en keek Marjolein strak aan. "Ik weet wat je hebt gedaan," zei ze. "Ik zou het fijn vinden als je het niet langer meer ontkent."

"Wat bedoel je?"

Katja zuchtte diep. Hier had ze helemaal geen zin in. "Ik zei net dat ik niet wil dat je het blijft ontkennen," zei ze kalm. Het was moeilijk om kalm te blijven. Van binnen kookte ze. "Ik heb het over die verhalen die je over me hebt verspreid. Ik heb je op heterdaad betrapt en meerdere mensen op de manege bevestigen dat de roddels van jou afkomstig zijn."

"Wie hebben dat gezegd?"

"Maakt het wat uit?" vroeg Katja. Ze keek Marjolein kwaad aan. "Ik wil weten waarom je dit hebt gedaan."

"Omdat je helemaal geen tijd voor me had!" riep Marjolein opeens uit. "Je bent altijd maar druk, terwijl je voor Felix wel genoeg tijd had."

Katja wist niet hoe ze hierop moest reageren. "Wat?" zei ze na een korte stilte. "Hoe kom je daar nou weer bij?"

"Het is toch zeker zo?" vroeg Marjolein. "Als we met de paarden op stap gingen, deden we dat omdat ik het je vroeg. En je zei telkens dat ik Felix wel eens zou ontmoeten, maar ook dat gebeurde nooit."

Katja wist niet wat ze hoorde. "Ik ben inderdaad wat vaker bij hem geweest dan dat ik jou heb gezien," zei ze. "Dat deed ik niet bewust. Je had me er ook op kunnen aanspreken in plaats van roddels over ons te verspreiden."

"Alsof aanspreken had geholpen," zei Marjolein cynisch. Ze snoof. "Daar had je toch geen tijd voor gehad. Ik zie je regelmatig op de manege, maar je ziet me niet eens altijd!"

"Ik werk op de manege," zei Katja. "Ik moet alle stallen schoonmaken, zorgen dat de paarden te eten hebben en ik sta ook geregeld in de kantine. Als de hoefsmid komt, moet ik helpen en ik help veel ruiters ook met hun paarden. Het is niet zo dat ik daar helemaal niks aan het doen ben en constant in de gaten kan houden of jij er bent."

"Je staat ook heel vaak met Felix te praten."

"Dat is zo," gaf Katja toe. "Dat komt omdat ik iets met hem had afgesproken."

"Dat bedoel ik dus!" riep Marjolein uit. "Wanneer heb je voor het laatst iets met mij afgesproken? Ik hoor nooit wat van je!"

Katja schudde haar hoofd. "Ik begrijp er niks van," zei ze. "Probeer je nu te zeggen dat het mijn eigen schuld is dat je over me hebt lopen roddelen?"

Na die woorden was Marjolein een tijdlang stil. Ze staarde voor zich uit. Katja voelde haar hart als een razende tekeer gaan. Het was lang geleden geweest dat ze zo boos op iemand was. Ze moest zich echt inhouden om niet door het lint te gaan.

"Je begrijpt er helemaal niks van," zei Marjolein uiteindelijk.

"Dat klopt," antwoordde Katja. "Ik heb geen idee waarom je dit hebt gedaan. Ik begrijp ook niet waarom je mij de schuld probeert te geven."

"Ik wilde alleen maar duidelijk maken dat je iets minder met Felix om moest gaan," zei Marjolein. "Ik miste je."

"Dan had je dat ook kunnen zeggen," zei Katja kwaad. "Je hebt nooit iets gezegd."

Marjolein stond op. "Het lijkt me beter als je gaat," zei ze. "Je begrijpt er toch niks van, dus waarom zal ik de moeite nemen? Je biedt niet eens je excuses aan."

Katja keek haar vriendin met open mond aan. Wat was dit nou weer? "Ik bied mijn excuses niet aan," zei ze, "omdat jij dat zou moeten doen."

"Ik wil het hier niet langer over hebben," herhaalde Marjolein.

Katja stond op. "Je vindt het vast fijn als ik zeg dat het uit is tussen Felix en mij." Ze sprak haar woorden langzaam, om ze meer kracht te kunnen geven.

Marjolein reageerde niet, maar liep richting de voordeur om haar vriendin weg te sturen.

"Je hebt je doel alleen niet bereikt," zei Katja nu. "Ik wil niks meer met je te maken hebben. Iemand die dit soort dingen doet, kun je geen vriendin noemen."

"Ik…" begon Marjolein.

Ze wilde het niet horen. "Als ik erachter kom dat je ook nog maar één leugen over mij of Felix vertelt, dan zorg ik er eigenhandig voor dat je je paard ergens anders moet stallen." Het was geen dreigement. Ze meende wat ze zei. Haar oom en tante zouden Marjolein echt niet zomaar van de manege sturen, maar Katja had veel invloed op hen. Ze hoopte echter dat ze niet zo ver hoefde te gaan.

"Dat kun je niet maken."

"Je weet dat ik het wel kan," zei Katja. Daarna verliet ze het huis, zoals Marjolein haar had gevraagd. Hier wilde ze niet nog langer blijven. Het deed haar teveel pijn om te weten wat Marjolein had gedaan.

En waarom eigenlijk, vroeg ze zich af toen ze in de auto stapte. Alleen maar omdat ze jaloers was? Ze kon het zich niet voorstellen. Ze waren toch altijd zulke goede vriendinnen geweest? Blijkbaar had ze zich daar flink in vergist. Dat deed pijn. Voordat ze de auto startte, stuurde ze Felix nog een sms'je.

Ik zou graag eens met je willen praten. Er zijn dingen gebeurd die je moet weten. Kus, Katja.

Daarna reed ze terug naar de manege. Ze moest haar uiterste best doen om geconcentreerd te blijven rijden. Haar gedachten gingen telkens naar Marjolein. Wat had ze gedacht? Dat Katja de roddels zou geloven en nooit achter de waarheid zou komen? Het was moeilijk om in te schatten waarom ze het had gedaan. Het enige dat Katja nu wist was dat het Marjolein was geweest, omdat ze jaloers was. Die jaloezie, daar had ze nooit wat van gemerkt. Waarom niet? Waarom had Marjolein niet gewoon aangegeven dat ze vond dat ze Katja te weinig zag?

Thuis aangekomen hoorde ze dat ze sms had ontvangen. Haar hart sloeg bijna over toen ze zag dat het van Felix was.

Het lijkt me beter als je me met rust laat.

Ze slikte. Dat was duidelijke taal. Waarom wilde hij haar niet de kans geven om haar verhaal te doen? Ze zuchtte diep. Hoe kon ze nou accepteren dat ze Felix kwijt was geraakt?

Ze miste zijn aanwezigheid, zijn glimlach en zijn verlegen trekjes. Ze begreep hem, maar toch deed het pijn.

HOOFDSTUK 25

"Het was Marjolein."

Katja schudde zuchtend haar hoofd. Ze had Bernard opgezocht na zijn les. Ze stonden bij stal en hij keek haar aan. "Dat wist je toch al?"

"Ik ben gister bij haar geweest, ze heeft het toegegeven." Katja vertelde over het gesprek dat ze hadden gehad en hoe Marjolein had gereageerd. "Ik weet niet wat ik ermee moet. Ze doet net alsof het mijn schuld is."

"En nu?"

"Ik heb gezegd dat ik niet wil hebben dat ze nog langer over me roddelt," zei Katja.

"Denk je dat ze naar je luistert?" vroeg Bernard.

Katja haalde haar schouders op. "Ik heb haar heel duidelijk gemaakt dat ze maar beter kan oppassen. Als ik haar betrap op meer leugens, dan zorg ik er wel voor dat ze een andere manege moet vinden."

Bernard stopte met het borstelen van het paard. Hij keek haar aan. "Dat lijkt me geen goede manier om het probleem op te lossen," zei hij.

"Wat moest ik anders doen?" vroeg Katja. "Ze heeft mijn relatie met Felix kapot gemaakt."

"Maar met dreigen schiet je niks op," zei Bernard. "Je verlaagt je dan naar een niveau waar je zelf een hekel aan hebt."

"Het is haar eigen schuld."

Bernard grijnsde. "Je bent toch geen twaalf meer?" vroeg hij.

Ze wist dat hij gelijk had, maar dat wilde ze niet toegeven.

Ze was vooral erg boos op Marjolein en had er geen behoefte aan om mild tegen haar te zijn.

"Ik vind het wel vreemd dat ze zo heeft gereageerd," zei Bernard, toen ze een tijdje stil was geweest. "Ik had nooit verwacht dat ze zo jaloers kon zijn."

Jaloezie, dat was het waarschijnlijk inderdaad wel geweest. Maar waarom dan? Ze kon het nog steeds niet bevatten. "Ik begrijp het ook niet," zei ze. "Marjolein neemt me kwalijk dat we amper samen iets deden, maar dat kwam echt niet alleen door Felix."

"Natuurlijk niet," zei Bernard. "Sowieso is het vrij normaal dat je leven een andere indeling krijgt wanneer je een relatie hebt. Dat Marjolein daar niet mee kan omgaan, is niet jouw schuld."

Ze zweeg even en keek naar haar collega. Ze dacht aan het etentje, dat ze samen hadden gehad. Ze had hem gekwetst door hem af te wijzen en later opnieuw door hem te wantrouwen. Ondanks alles, was hij er nu alsnog voor haar. Hij bood een luisterend oor en dat waardeerde ze.

"Zullen we wat gaan drinken in de kantine?" stelde Bernard voor. "Ik ben klaar met mijn werk en jij kan wel een drankje gebruiken."

"Zo dramatisch is het allemaal ook weer niet," grapte ze.

"Niet?" vroeg hij en hij knipoogde. "Je hebt gister niet de hele avond huilend voor de tv gezeten met een enorme bak ijs?"

Ze gaf hem een por. "Natuurlijk niet!" lachte ze. "Waar zie je me voor aan?"

Hij lachte ook. "Niet depressief dus, maar misschien heb je toch zin in een bak koffie?"

"Lijkt me een prima idee."

Ze liepen naar de kantine. Bernard bestelde bij Marianne en nam de koffie mee naar een tafeltje. "Heb je al geprobeerd om met Felix te praten?"

Katja zuchtte. "Hij wil niet met me praten," zei ze. "Dat heeft hij me duidelijk in een sms'je gezegd."

"En je laat het daarbij?"

"Wat moet ik anders?" Ze nam een slok van haar koffie. "Ik begrijp waarom hij zo reageert en ik respecteer zijn besluit."

"Maar je mist hem wel."

"Natuurlijk mis ik hem," zei ze. "Wat ik voor hem voel, heb ik nog nooit eerder voor iemand gevoeld." Ze bloosde toen ze besefte dat Bernard haar leuk vond. "Sorry," zei ze. "Dat soort dingen kan ik beter niet tegen jou zeggen."

"Het geeft niet," zei hij. "Ik begrijp wat je bedoelt."

"Dan nog, ik had het beter voor me kunnen houden."

Hij keek haar aan. "Ik gun je al het geluk van de wereld," zei hij. "Felix maakte je gelukkig, dat zag iedereen hier."

"En dat is nu voorbij," zuchtte Katja.

Bernard wachtte even tot hij zei: "Ik herken je niet meer."

"Wat bedoel je?"

"Waar is de Katja die nooit opgeeft?" vroeg hij. "De Katja die ik ken?"

"Maar Felix…"

Hij schudde alleen zijn hoofd en ze stopte met praten. Ze wist goed wat hij bedoelde. Hoe vaak was ze niet tot het uiterste gegaan om zaken te bereiken? Waarom deed ze dat nu niet? Het antwoord op die vraag was gemakkclijk: ze wist niet hoe ze Felix terug moest krijgen. Hij was duidelijk geweest en ze begreep hoe gevoelig hij was. Natuurlijk vond hij de roddels niet leuk en het was logisch dat hij er vandoor was gegaan. Ze kon hem niets kwalijk nemen en daardoor wist ze niet hoe ze de situatie kon oplossen. Hij gaf haar geen kans en zelfs daar kon ze niet boos om worden.

"Ik weet niet waar die Katja is gebleven," zei ze. "Ik mis haar ook."

"Je vindt haar wel weer." Hij stond op. "Nog een kopje koffie?"

"Lekker."

Ze zag hoe hij naar de bar liep en even met Marianne praatte. Zag ze nou goed dat hij zijn hand op die van haar legde? Pas nu zag ze ook de liefdevolle blik van Marianne. Er was iets gaande tussen dit tweetal, hoe had ze dat kunnen missen? Ze was zo druk met zichzelf bezig geweest dat ze het niet had opgemerkt. Hoe vaak was Bernard tegenwoordig niet langer in de kantine dan gebruikelijk, soms zelfs alleen met Marianne? Ze had het wel gezien, maar er verder niks mee gedaan.

Bernard kwam terug naar het tafeltje en Katja keek hem stomverbaasd aan. "Zag ik dat nou goed?" vroeg ze.

"Wat?" Hij grijnsde.

Ze sloeg hem plagend tegen zijn arm. "Je weet best wat ik bedoel," zei ze. "Jij en Marianne?"

"Dat zag je goed."

"Hebben jullie iets met elkaar, of vinden jullie elkaar alleen leuk?"

"We hebben een relatie." Ze zag zijn ogen stralen toen hij het zei. Hij zag er gelukkig uit, dat deed haar goed.

"Hoe lang al?"

Hij haalde zijn schouders op. "Een tijdje," zei hij.

Ze lachte om zijn onverschilligheid. Zo was Bernard altijd al geweest en het verbaasde haar niet dat hij geen precieze tijd kon aangeven. Waarschijnlijk wist Marianne het wel precies. Zij was veel georganiseerder. "Wat ontzettend leuk voor jullie!" zei ze. "Waarom heb je me niets verteld?"

"Jij was te druk met andere dingen," zei hij. "En ik wist niet hoe je zou reageren."

Ze fronste haar voorhoofd. "Hoe ik zou reageren?"

Hij knikte. "Het is nog niet zo heel lang geleden dat wij samen uit eten zijn gegaan," zei hij. "Ik was bang dat je vond dat ik te snel naar een volgende dame ben gelopen."

"Dat zou niet eens in me zijn opgekomen," zei ze. "Ik vind dat jullie erg goed bij elkaar passen."

"Bedankt."

"En het is leuk om te zien hoe blij je bent." Ze keek even naar Marianne, ook zij leek een stuk opgewekter te zijn dan ze zich kon herinneren. "Dat gun ik je."

Ze dacht weer aan Felix, terwijl ze dat eigenlijk niet wilde. Toch moest ze aan hem denken nu ze het geluk van Bernard en Marianne zag. Wat zou ze weer graag zijn armen om zich heen willen voelen en zijn wat nerveuze blik in de ogen willen zien. De oude Katja zou er direct werk van hebben gemaakt om Felix terug te krijgen. De nieuwe Katja voelde zich verlaten en eenzaam en had geen idee hoe ze dat moest aanpakken.

"Jij vindt je geluk ook nog wel," zei Bernard. Alsof hij begreep wat er door haar heen ging. "En ik weet zeker dat Felix je dat geluk brengt."

Daar geloofde ze zelf niet zo in.

"Praat wel met Marjolein," zei Bernard nu. "En verlaag je niet tot haar niveau door te dreigen."

Met Marjolein praten? Ze moest er niet aan denken. Al wist ze dat Bernard wel gelijk had en dat haar dreigement niet de slimste zet was geweest. Voorlopig wilde ze er niet aan denken om Marjolein onder ogen te komen. Het deed haar teveel pijn en de vriendschap zou waarschijnlijk nooit meer zijn wat het vroeger was. Er was te veel beschadigd en geen gesprek zou dat goed maken.

HOOFDSTUK 26

Katja liep door de winkelstraat met Taz. Ze deed dat bewust, zodat haar hond ook eens in een andere omgeving kwam. Het was goed voor zijn socialisatie. Taz was snel afgeleid, merkte ze. De hond liep kwispelend af op iedereen die ze tegenkwamen. De meeste mensen zeiden glimlachend: 'Wat een mooie hond', of 'moet je die ogen zien!'

Bernard was ook meegegaan. Hij vertelde over zijn relatie met Marianne en hoe ze elkaar beter hadden leren kennen. Op het einde van een middag waren ze de enigen in de kantine en ze waren aan de praat geraakt. Een paar uur lang hadden ze gepraat over koetjes en kalfjes en vanaf dat punt was Bernard regelmatig naar de kantine gegaan, enkel om met Marianne te praten. Het had niet lang geduurd voordat hij haar mee uit had gevraagd. Hij had haar meegenomen naar hetzelfde restaurant als waar hij met Katja was geweest en de klik was meteen daar.

"Ik dacht al die tijd dat je jaloers was op Felix," zuchtte Katja. "Ik snap nog steeds niet hoe het kan dat ik niet heb opgemerkt wat er tussen jou en Marianne gaande was."

"Maak je geen zorgen," zei Bernard.

Ze keek naar de etalage van één van de winkels. Wat een ontzettend leuk jurkje hing daar. Het was zwart en had een soort witte vlekken. "Vind je het goed als ik even iets ga passen?" vroeg ze aan Bernard.

"Geen probleem," zei hij. "Geef mij Taz maar."

Ze gaf hem de riem en liep de winkel in. Ze moest even zoeken om de jurk uit de etalage te vinden. Als ze die maar in haar maat

hadden. Gelukkig hadden ze dat en ze liep snel naar een pashokje. Ze wilde Bernard liever niet te lang laten wachten, dat was
ook zo ongezellig voor hem.

De jurk deed haar denken aan het strand, waar ze met Felix naar-
toe was gegaan. Hetzelfde model, en een zelfde soort patroon, al
waren de kleuren anders. Met een glimlach op haar gezicht her-
innerde ze zich hoe verlegen Felix was geweest toen ze eenmaal
weer thuis waren en hij haar naakte lichaam voor het eerst zag.

Ze deed het jurkje aan en bekeek zichzelf in de spiegel. Het stond
haar goed, beter zelfs dan ze had verwacht. Dat wilde ze in de
winkel zelf ook nog even bekijken, dan had ze net iets meer de
ruimte dan in zo'n hokje. Daarom schoof ze het gordijn open en
liep ze de winkel in. Voor de spiegel draaide ze wat in het rond.

"Staat je goed," zei de verkoopmedewerkster.

Natuurlijk zei ze dat, dat zeggen ze altijd, ook wanneer iets niet
stond. Katja had ondertussen wel geleerd om te luisteren naar
haar eigen opinie. Dit keer was ze het echter eens met de dame en
knikte ze enthousiast. "Ik ga het kopen," besloot ze.

Net toen ze weer terug wilde lopen naar haar pashokje, werd ze
aangesproken. "Kittie, was het toch?"

Ze moest even denken wie de man was. Pas toen ze de vrouw
naast hem zag wist ze het weer. Jochem, de broer van Felix, en
zijn vrouw Monica, stonden in de winkel. "Katja," verbeterde ze
hem.

"Dat was het!" Hij grijnsde even. "Wat leuk om jou hier te zien.
Hoe gaat het?"

"Het kon beter," zei ze, naar waarheid. Ze hield er niet van om te
zeggen dat het goed ging, als dat niet het geval was. En trouwens:

als ze zou zeggen dat het goed ging, dan kreeg Felix dat misschien wel te horen.

"Problemen?" vroeg Jochem. "Felix behandelt je toch wel goed?"

Katja wist even niet hoe ze moest reageren. Wist Jochem nog niet dat het uit was tussen hen? Dat had ze niet verwacht. "We zijn geen stel meer," zei ze.

"Niet?" De verbazing in zijn stem was echt. "Ik vond jullie goed bij elkaar passen. Je hebt pit, zo'n dame is goed voor Felix."

"Bedankt," zei ze. Ze had er weinig aan, maar ze waardeerde zijn mening wel.

"Ik sta er ook van te kijken dat jullie uit elkaar zijn," zei Monica. "Jullie leken zo gelukkig."

"Waarom is het uit?" vroeg Jochem.

"Een hoop gedoe," antwoordde ze alleen maar. Ze wist niet of ze meer moest vertellen. Felix had geen goede connectie met zijn broers en het leek haar beter als hij het hen zelf zou vertellen.

Jochem leek de hint op te pakken. "Wij moeten er weer vandoor," zei hij. "Wie weet tot een volgende keer."

"Fijne dag!" begroette ze hem.

Monica liep al wat voor hem uit en bekeek wat kledingstukken. Jochem draaide zich nog een keer om. "Dat jurkje staat je ontzettend goed," zei hij en hij knipoogde. Ze zag hem naar haar borsten kijken.

Katja reageerde niet. Het viel haar vooral op hoe anders Jochem en Felix waren, dat had ze al eerder opgemerkt. Toch zag ze ook wel wat gelijkenissen toen hij wegliep. Ze liepen allebei op dezelfde manier en hadden dezelfde bouw. Het deed haar opnieuw denken aan Felix en daar baalde ze van: kon ze eens níet denken aan Felix? Waarom was ze constant met haar hoofd in de wolken? Ze wist toch allang dat ze hem niet meer terug zou krijgen? Het was beter om hem los te laten.

Ze ging terug naar het pashokje en kleedde zich om. Niet veel later stond ze buiten, met een plastic tasje in haar handen. Taz kwam meteen kwispelend op haar af en ze aaide het dier.

"Gelukt?" vroeg Bernard.

"Ja!" zei ze. "Ik kon het niet laten hangen."

"Mooi." Hij gaf haar de riem weer en ze liepen verder. "Taz trekt veel bekijks," zei Bernard. "Toen ik op je stond te wachten, werd hij constant aangehaald."

Ze glimlachte. Het was ook zo'n leuke hond en ze had er geen moment spijt van dat ze hem in huis had gehaald. "Ik kwam de broer van Felix net tegen," zei ze. "Het was nieuw voor hem dat Felix en ik uit elkaar zijn."

"Misschien is dat iets positiefs," opperde Bernard. "Het zou kunnen dat Felix er niks over zegt, omdat hij jou ook mist."

"Dat lijkt me niet het geval," zei ze. "Ik weet dat hij geen hele goede band heeft met zijn broers. Misschien hebben ze elkaar nog niet gesproken."

Bernard haalde zijn schouders op. "Of misschien hoopt hij net als jij dat jullie weer samen zullen komen."

"Nee," zei ze stellig. "Ik hoop het wel, maar ik moet realistisch blijven."

Ze liepen de straat weer door en Katja bekeek de etalages. Bij een bakkerij keek ze even naar binnen. Was dat Felix, die daar stond? Het paardenstaartje en de lichaamsbouw, het moest hem wel zijn? Ze bekeek de man beter en kwam tot de conclusie dat het toch iemand anders was. Zuchtend haalde ze adem. "Ik maak mezelf gek," zei ze. "Ik denk constant aan hem en net dacht ik zelfs dat ik hem zag."

"Je mist hem," concludeerde hij.

"Ja," zei ze. "Dat zei ik laatst toch ook al?"

Hij grijnsde. "Je doet er alleen niks mee," zei hij. "Op deze manier heeft Marjolein precies bereikt wat ze wilde. Gun je haar dat?"

Katja schudde haar hoofd. "Ik wil haar niet laten winnen," zei ze. "Ik had het zelf ook graag anders gezien, maar ik wil me niet opdringen naar Felix toe. Waarom begrijp je dat niet?"

"Je hoeft je niet op te dringen," zei hij. "Je ziet het erg zwart-wit in nu. Alsof je alleen maar afstand kunt nemen of jezelf kunt opdringen."

Ze haalde diep adem. Ze begreep echt wel wat hij bedoelde, maar ze wist dat het onmogelijk was. Felix had duidelijk gezegd dat ze hem met rust moest laten, daar kon ze niet omheen. "Ik kan het niet," zei ze. Ze hoorde dat ze wat luider was gaan praten en ze schrok zelf van haar directe toon.

"En Marjolein?" drong hij aan. "Ga je wel met haar praten?"

"Nee."

"Helemaal niet?"

"Voorlopig niet."

Ze hadden de parkeerplaats bereikt en Katja opende de achterklep. Ze tilde Taz de auto in, omdat hij de sprong zelf nog niet kon maken.

"Zal ik je thuis afzetten, of bij de manege?" vroeg ze. Daarmee hoopte ze dat het gesprek een andere wending zou krijgen.

Ze wilde niet meer denken aan Felix of Marjolein. Het bezorgde haar teveel pijn.

"Mijn fiets staat op de manege," antwoordde Bernard. Hij liet het onderwerp inderdaad varen en begreep duidelijk heel goed hoe ze zich voelde. Dat vond ze fijn. Ze keek even opzij. Wat was Bernard eigenlijk een ontzettend lieve man. Opnieuw voelde ze zich schuldig dat ze hem zo verkeerd had beoordeeld.

HOOFDSTUK 27

Katja zag Marjolein veel eerder dan ze wilde. Ze was bezig met het schoonmaken van de stallen toen ze Marjolein vanuit haar ooghoeken zag. Negeren, schoot het door haar heen. Ze deed net alsof ze niks zag en focuste zich op haar werk. Het was logisch dat ze elkaar hier tegenkwamen, maar op de een of andere manier bezorgde het Katja toch een ontzettend naar gevoel. Alsof er iemand een steen in haar maag had gestopt.

Gelukkig liep Marjolein langs de stal en leek ze Katja niet op te merken. Misschien zag ze haar wel, maar reageerde ze bewust niet, net zoals Katja had gedaan.

Katja dacht aan de woorden van Bernard, die had aangeraden toch nog eens met Marjolein te praten. Hoe kwam hij op het idee? Alsof dat een verschil zou maken. De vorige keer had een gesprek ook niets uitgehaald. Zolang Marjolein in een slachtofferrol zat, zou er niks veranderen aan de hele situatie. En echt behoefte om te praten had Katja ook niet.

Ze wilde haar werk nu des te sneller afkrijgen, zodat ze Marjolein zeker niet tegen het lijf zou lopen. Ergens verbaasde haar dat, want ze was eigenlijk nooit iemand geweest die mensen ontweek. Ze wist echter ook dat de confrontatie haar niet zou helpen en daarom ging ze stug door met het schoonmaken. Het was beter als ze dit niet aan Bernard vertelde, want die zou haar direct tegenspreken en laten weten dat ze beter anders had kunnen handelen. Alsof ze dat zelf niet wist. Natuurlijk wist ze wat beter was, maar dat hoefde nog niet te betekenen dat ze het ook zou doen. Taz had het zich gemakkelijk gemaakt in een hoekje en hield

155

zijn baasje vanaf dat punt goed in de gaten. Ze vond het fijn dat hij in de buurt bleef bij haar en niet alleen over de manege ging dwalen. Morgen zou de jonge hondencursus beginnen en Katja had eerder die week kennisgemaakt met de andere cursisten en de hondentrainster. Er waren wat oude bekenden bij haar in de groep, met wie ze ook de puppycursus had gedaan, maar er waren ook wat onbekenden voor Katja. Ze was benieuwd wat zij voor een honden hadden. De trainster leek een aardige vrouw, maar het was natuurlijk geen Felix. Ze wist dat Felix op een andere dag de puppycursus had en de kans dat ze hem tegen het lijf zou lopen, was daardoor niet bepaald groot. Helaas.

Het was wel vreemd om weer op het terrein van de hondencursus te komen. Door de zomer was ze er een tijd niet geweest en alles deed haar denken aan Felix. Hoe hij midden op het veld stond en de cursisten uitleg gaf en hoe ze met hem iets had gedronken in de kantine, na afloop. Daar was alles mee begonnen, daar had ze hem beter leren kennen. Opnieuw besefte ze hoeveel ze zijn afwezigheid miste. En zij was niet de enige. Wanneer ze 's avonds thuis zat, leek Taz erg gefocust te zijn op de deur. Alsof hij hoopte dat Felix en Jara binnenkwamen, maar dat gebeurde natuurlijk nooit.

"Katja?"

Het was Marjolein. "Wat?" vroeg Katja, ze wist dat ze ongeïnteresseerd klonk, maar dat maakte haar niks uit.

"Meende je wat je laatst zei?" vroeg Marjolein, terwijl ze langzaam de stal in schuifelde.

"Ik weet niet wat je bedoelt." Katja keek niet op, daar had ze echt geen zin in.

"Kun je me werkelijk van de manege halen?" vroeg Marjolein.

Nu keek Katja eindelijk op. "Je weet dat ik dat kan," zei ze.

"Er zijn geen andere maneges waar ik Otto kan stallen."

Katja haalde haar schouders op. "Dat is niet mijn probleem," antwoordde ze met een kalme stem. Van binnen kookte ze, maar dat wilde ze in geen geval laten merken.

"Ik houd van Otto," zei Marjolein nu. "Als ik hem hier niet kan stallen, raak ik hem kwijt."

Ditmaal keek Katja wel op. Ze staarde haar vriendin vol ongeloof aan. "Ik hou van Felix en die ben ik dankzij jou kwijtgeraakt," zei ze. Ze kneep hard in de schep die ze vasthield zodat ze haar woede een beetje kon inhouden. "En trouwens, zolang jij niet nog meer roddels verkondigt, kan Otto hier gewoon blijven staan."

Marjolein beet op haar onderlip. "Ik heb nog eens gedacht over de dingen die je me zei," zei ze. "En je hebt gelijk. Ik ben behoorlijk egoïstisch geweest."

"Zeg je dat nu omdat je anders je paard kwijtraakt?"

"Nee."

Katja legde de schep neer en haalde diep adem. "Waarom dan?"

"Omdat het me dwars zit," antwoordde Marjolein. "Ik heb de laatste tijd slecht geslapen en mezelf vooral de vraag gesteld waarom ik dit heb gedaan."

"En?" vroeg Katja. Ze leunde tegen de staldeur aan en sloeg haar armen over elkaar. "Heb je daar al antwoord op gevonden?"

"Nee." Marjolein keek naar de grond. "Ik had het heel anders in mijn hoofd zitten. Ik dacht dat het weer als vroeger zou zijn als jij en Felix uit elkaar waren."

"Zoveel is er niet veranderd in de periode dat we wel samen

waren," zei Katja.

"Dat zie ik nu ook in," zei Marjolein. "Ik had beter moeten weten, want ik heb me als een kleuter gedragen."

Katja vond het heel wat dat Marjolein hiermee kwam, maar toch had ze er weinig aan. Ze kreeg Felix er niet door terug.

"Ik begrijp dat je boos op me bent," zei Marjolein nu. "Dat zou ik ook zijn geweest, maar ik wilde je wel laten weten dat het me heel erg spijt en dat ik verkeerd heb gehandeld."

"Ik ben blij dat je je excuses aanbiedt," zei Katja. "Ik weet alleen niet of ik het je kan vergeven."

"Dat begrijp ik," zei Marjolein. "Ik hoop alleen wel dat ik Otto hier mag blijven stallen. Ik weet dat ik fout was, maar ik zou het heel erg vinden als mijn paard daarvoor wordt gestraft."

"Beloof jij dat je niet meer over me roddelt?"

"Dat beloof ik," zei Marjolein. "Het is het niet waard en ik begrijp niet dat ik ooit anders had gedacht."

"Dan hoef je je geen zorgen te maken om Otto," zei Katja.

"Zeker weten?" vroeg Marjolein.

"Ja," antwoordde Katja. "Ik kan alleen niet beloven dat het tussen jou en mij goed zal komen. Je hebt me ontzettend veel pijn gedaan en ik weet niet of ik je nog kan vertrouwen."

Marjolein sloeg haar ogen neer. "Omdat ik zo egoïstisch was en aan mezelf dacht, heb ik me zelfs verder van je verwijderd. Ik begrijp dat je me niet vertrouwt, ik hoop alleen dat je mijn excuses accepteert."

"Die accepteer ik," zei Katja en het lukte haar om even te glimlachen. Ze was nog steeds boos en ze voelde zich enorm gekrenkt, maar tegelijkertijd wist ze dat ze er niks aan had om boos te blijven. De laatste tijd was ze niet zichzelf geweest en ze wilde niet een constante woede voelen wanneer ze Marjolein zag.

Er was enorm veel gebeurd en Katja wist dat de vriendschap tussen hen nooit meer zou worden wat het was geweest. Daar moest ze zich bij neerleggen en ze had het idee dat ook Marjolein dat gegeven had geaccepteerd. Het zou het op de manege in ieder geval wel een stuk gemakkelijker maken.

"Ik ga naar Otto," zei Marjolein. "Bedankt dat je even met me wilde praten."

"Succes."

Marjolein liep de stal uit. Katja volgde haar met haar ogen en zag Bernard iets verderop staan. Hij stak zijn duim op naar Marjolein en ze begreep dat hij het was geweest die Marjolein had aangespoord om te komen praten.

Misschien was Katja wel haar beste vriendin en Felix kwijtgeraakt, maar alleen was ze niet. Bernard had haar de laatste tijd echt enorm gesteund en ze had het idee dat de band tussen hen alleen maar sterker was geworden. Pas nu begreep ze echt hoeveel ze aan hem had en hoe dankbaar ze hem was voor zijn hulp en steun de laatste tijd. Hoe fijn was het dat hij aan haar zijde was gebleven, ondanks haar valse beschuldigingen? Zo iemand moest ze vast blijven houden, want zo iemand was het waard.

En met Marjolein? Zolang ze door één deur konden, was Katja al tevreden. De streek die ze had geleverd zou Katja niet vergeten, maar het begin was er tenminste. De eerste stappen waren gezet en wellicht dat de band tussen Marjolein en Katja langzaam weer wat beter zou worden. Al wist Katja niet of ze daar behoefte aan had. Nu nog niet, in ieder geval. De tijd zou het leren.

HOOFDSTUK 28

Taz was door het dolle heen toen hij het terrein van de honden-cursus opkwam. Hij kende het hier duidelijk erg goed en had het de afgelopen tijd erg had gemist. Hij kwispelde, sprong in het rond en het kostte Katja moeite om hem wat rustiger te krijgen.

Vooral toen Taz de honden zag met wie hij eerder in de cursus had gezeten, werd hij laaiend enthousiast.

"Rustig!" lachte Katja. Ze vond het mooi om te zien hoe haar hond genoot. De komende weken zou ze vast weer een hoop leren en ze had er erg veel zin in.

Toch had ze er ook een heel dubbel gevoel bij. Dit was de plek waar ze Felix voor het eerst had gezien. Ze wist nog goed hoe aantrekkelijk ze hem vond. Zijn halflange haar, zijn groene ogen en zijn bouw. Misschien moest ze na de les eens langs zijn huis rijden. Spontaan. Misschien liet hij haar wel binnen en konden ze praten. Al was ze bang dat hij haar liever niet wilde spreken. Het zou haar niks verbazen. Maar wellicht kon ze het wel proberen. Bernard had al gezegd dat hij de Katja miste die niet zomaar op-gaf. Ergens had hij daar natuurlijk wel gelijk in.

Ook dacht ze aan de knuffel die ze van Felix had gekregen, de laatste keer dat ze hem zag. Zijn armen om haar heen en dicht tegen elkaar. Ze wist niet meer precies hoe zijn aftershave rook en het verbaasde haar dat zulke kleine details zo snel verloren gingen.

"Wat een leuke hond!" Eén van de deelnemers van de jonge hon-dencursus kwam bij Taz staan en aaide hem. "En wat een mooie ogen heeft hij!"

Deze deelneemster was nieuw hier. Iedereen die Taz voor het eerst zag zei iets over zijn ogen. Het kwam ook niet zo vaak voor dat een hond twee verschillende kleuren in één oog had, maar bij de Australian Shepherd was het normaal. Ze vond het wel leuk hoe mensen op de hond reageerden.

De vrouw zelf had een boxer en Katja aaide het dier. "Dit is ook een lieverd," zei ze.

"Hij is wel heel ondeugend," lachte de vrouw. "Dat is ook de reden waarom ik me voor deze cursus heb aangemeld. Hij luistert niet zo goed."

Katja raakte aan de praat met de vrouw en ze vertelde hoe ze de puppycursus had ervaren.

"Hallo allemaal! Laten we maar naar het veld gaan."

Katja keek geschrokken op. Ze was vergeten dat ze midden in een zin zat. Die stem herkende ze uit duizenden. Dat was niet de trainster met wie ze vorige week kennis hadden gemaakt, maar Felix.

Ze voelde zich warm van binnen worden toen hij hem zag staan. Hij was nog leuker dan ze zich kon herinneren. Haar ogen zochten die van hem op, maar zodra hij haar zag keek hij de andere kant op. Het ontging haar niet dat zijn hoofd rood werd. Schattige, verlegen Felix. Dat was duidelijk niet veranderd. Ook Taz was duidelijk blij Felix weer te zien. Kwispelend keek hij naar de man die bij de groep was komen te staan.

Ze liepen het veld op en Katja ging bewust wat verder bij Felix vandaan staan. Ze wilde hem niet in verlegenheid brengen.

"Annet kon vandaag niet komen, omdat haar broer in het ziekenhuis ligt. Ik neem het dus voor vandaag over," zei hij. "Wees niet te streng, want ik heb tot nu toe alleen maar les gegeven bij puppy-cursussen. De jonge hondencursus is nieuw voor me."

"Voor ons ook," grapte iemand.

Felix lachte en legde uit wat ze die dag gingen doen. Ze zouden beginnen met wat herhalingen van de puppycursus, zodat ook de nieuwe cursisten de basis wat onder de knie hadden.

Katja merkte meteen hoe professioneel Felix zich opstelde. Hij liet niets merken van zijn gevoelens naar haar toe, zoals hij ook tijdens de puppycursus had gedaan. Ze kon niet opmaken of hij het leuk vond om haar te zien, of juist niet. Ze vond het moeilijk om hem in te schatten nu hij bezig was met het lesgeven.

Ze probeerde zich te concentreren op de dingen die werden ge-zegd, maar het kostte haar veel moeite. Wat was ze blij om hem weer eens te zien!

Aan het einde van de les liep ze naar de kantine. Het deed haar denken aan de puppycursus. Zou Felix hier nog heen gaan, zoals hij toen ook deed of ging hij direct naar huis? Misschien wilde hij haar helemaal niet spreken en koos hij voor de makkelijke uitweg.

Tot haar opluchting kwam hij toch het gebouwtje inlopen en be-stelde hij een koffie.

"Je deed het goed," zei ze. "Ik kon niet merken dat je nooit eerder de jonge hondencursus hebt gedaan."

Hij keek op, alsof hij haar nu pas zag en zijn wangen kleurden opnieuw rood. "Dank je," zei hij.

Hij ging zitten en keek wat ongemakkelijk om zich heen. Katja wist dat zij degene moest zijn die de stap moest zetten, zoals ze altijd had gedaan bij hem. "Ik weet wie de roddels heeft veroorzaakt," zei ze langzaam.

"Echt?"

"Het was Marjolein."

Hij leek na te denken. "Je beste vriendin, toch?"

"Ja," zei ze. "Ze was jaloers."

"Oh." Hij keek naar zijn vingers. Ze hield zijn bewegingen nauwlettend in de gaten, want ze wilde weten hoe hij op dit nieuws zou reageren en vooral: wat het met hem deed.

"Ze doet het niet meer."

"Weet je dat heel zeker?" Hij had haar nog steeds niet aangekeken.

"Heel zeker," zei ze. "Ze heeft haar excuses aangeboden."

Felix nam een slok van zijn koffie. "En nu zijn jullie weer dikke maatjes?"

Ze schudde haar hoofd. "Ze heeft me te veel pijn gedaan," zei ze.

Ze zwegen allebei. Taz ging bij Felix zitten en keek strak naar de man. Hij hoopte duidelijk op een aai, maar die kwam niet.

"Ik mis je," zei Katja nu. "Ik zit heel erg met deze situatie en ik zou je graag weer in mijn leven willen hebben. Ik…"

Felix keek haar nu eindelijk aan. "Ik mis jou ook," zei hij.

"Echt?"

Hij knikte. "Maar ik kan niet bij je terug," zei hij. "Op de manege denken ze dat ik…"

"De roddels zijn opgehouden," onderbrak Katja hem. "Ik beloof je dat zulke dingen niet meer voor zullen komen."

"Weet je het zeker?"

Katja beet op haar lip. "Op een manege wordt altijd wel gepraat," zei ze. "Dat kun je niet voorkomen, maar ik weet dat Marjolein niks meer zal doen."

Hij schudde zijn hoofd. "Ik denk niet dat ik het kan," zei hij. "Het spijt me."

Zijn antwoord kwam niet als een verrassing, maar voelde toch als een messteek in haar hart. Ze kon Felix niet kwijtraken, wilde het niet. "Ik begrijp het," zei ze zacht, terwijl alles in haar schreeuwde dat ze er helemaal niks van begreep. "Misschien moet ik maar naar huis."

"Misschien moet je dat inderdaad doen."

Taz zat nog steeds tegen Felix aan. "Taz mist je ook," zei ze.

Felix keek naar Taz, toen naar Katja en vervolgens weer naar Taz. Daarna aaide hij Taz kort. "Ik hem ook," zei hij.

Katja stond op maar wilde nog niet weggaan. Als Felix haar miste, dan zou er toch geen probleem moeten zijn? Ze wilde het hier niet bij laten. Als ze nu weg ging, dan zou ze het zichzelf nooit vergeven. Ze dacht aan de woorden van Bernard, ook dacht ze aan Jochem, die niet eens wist dat het tweetal uit elkaar was. Ze kon het hier niet bij laten. "Ik mis onze wandelingen door het bos en de momenten dat we bij elkaar gingen eten," zei ze. "Weet je nog? Al die keren. Weet je nog dat we samen gingen paardrijden? Je vond het doodeng, maar ik weet zeker dat die dag ons dichter bij elkaar heeft gebracht. En weet je ons uitstapje nog naar het strand? En vooral toen we weer thuis waren?"

"Natuurlijk weet ik dat allemaal nog."

"Vond je het fijn?"

Hij bloosde en draaide zijn hoofd weg. Ze wist waar hij aan dacht. "Ja," zei hij zacht. "Dat is het probleem ook niet."

"Als jij me mist," zei ze. "En ik jou. En als we het leuk hebben gehad, wat is het probleem dan wel?"

"Ze praten over me, daar."

Katja haalde haar schouders op. "Mijn mening over jou verandert niet," zei ze. "Jij bent de persoon op wie ik verliefd ben geworden, ongeacht de mening of de roddels van anderen."

"Maar…"

"Wil je het echt niet opnieuw proberen?" hield ze vol. Ze voelde zijn twijfels.

"Nee, het lijkt me beter zo." Hij zette zijn lege koffiekopje neer op de bar.

Katja zuchtte diep. "Ik vind het jammer," zei ze. "Ik geloof in ons en ik weet hoeveel pijn het me doet om je te laten gaan, maar ik kan je niet dwingen."

Hij zei niets.

"Wil je met me meelopen naar de auto?" vroeg ze. "Dan laat ik je daarna met rust, dat beloof ik." Ze had het idee dat het beter was als ze de rust even opzochten. Hier in de kantine voelde hij zich wellicht toch wat bekeken.

Hij stemde in en samen liepen ze naar de auto. Katja deed Taz in de achterbak en keek daarna Felix aan. "Je was zeker maar eenmalig hier bij de cursus?" vroeg ze.

Hij knikte. "Volgende week is Annet er weer," zei hij.

"Jammer."

Hij sloeg zijn ogen neer. "Je maakt het niet gemakkelijk voor me, op deze manier."

"Dat is de bedoeling ook," fluisterde ze en sloeg haar armen om hem heen. Ergens verwachtte ze dat hij weg zou gaan, maar dat gebeurde niet. In plaats daarvan sloeg ook hij zijn armen om haar heen en duwde hij haar zelfs wat dichter tegen zich aan. Ze kon zijn aftershave weer ruiken. Zo rook hij, ze wist het weer.

Ze bleven een tijd zo staan en de knuffel deed haar denken aan de laatste keer dat ze hem had gezien, toen ze afscheid van elkaar hadden genomen. Moest ze nu opnieuw afscheid nemen van hem? Dat kon ze niet.

"Ik moet naar huis," zei ze. Hoe langer ze hier stond, hoe moeilijker het zou worden.

"Ik wil niet dat je gaat," fluisterde hij. "Ik weet niet wie ik voor de gek probeerde te houden, maar ik wil je niet meer laten gaan." Hij versterkte zijn grip.

"Echt niet?" haar stem was hoger dan normaal.

Hij keek haar aan. Zijn groene ogen straalden. "Natuurlijk niet," zei hij. "Alleen een idioot zou je laten gaan."

"Ga anders mee naar mijn huis," stelde ze voor.

Hij grijnsde. "Dat lijkt me een goed idee." Hij liet haar los, maar het was maar tijdelijk. Katja deelde zijn gedachten: ze zou hem nooit meer laten gaan.

NAWOORD VAN DE SCHRIJFSTER

De hond op de omslag van dit boek is Charlie, mijn eigen Australian shepherd. Het is mijn eerste hond en ik beschouw hem als één van mijn beste vrienden. Charlie is de inspiratiebron geweest voor dit boek. De foto is gemaakt door Michelle Kruize van **www.hvphotography.nl**. Ik wil Michelle bij dezen bedanken voor het maken van de foto!

Ook wil ik Andrea Driest en Kim van Driel bedanken, omdat ze me erg hebben geholpen met al mijn vragen over paarden.

En natuurlijk wil ik ook al mijn lezers bedanken!

Bekijk mijn website ook eens: **www.suzannepeters.nl** of volg me op Twitter **https://twitter.com/writingsuus**

Groetjes,
Suzanne Peters